休養院的奇妙故事開始了，

現在是「拆信貓時間」！

拆信貓

奇妙事件簿 ❷

失去魔術的魔術師

徐玲 著

新雅文化事業有限公司
www.sunya.com.hk

拆信貓

脾氣好，本事大，當她把粉紅的鼻頭貼近信紙嗅一下，嘴巴裏打出一連串呼嚕，腦袋一歪，用嘴邊最鋒利的一根鬍鬚劃開信封，信就有了梔子花的香甜味兒和不一樣的神奇與美好，讓收信人感受到寫信人內心的善良與愛，讀到其心底最温暖的想法……

魔術師阿變

失去魔術的魔術師，長得像童話故事裏的人物，貪玩，喜歡熱鬧，心裏住着愛。

快來認識
故事裏的角色吧！

旅行兔

喜愛旅行的白兔，愛吃拆信貓做的梔子花餅乾，愛嘮叨、愛幻想、愛冒險。

田大廚

靈活的胖子，曾經是大廚，現在是保安員，喜歡吃餅乾，忠誠地守護着休養院。

龍醫生

休養院的帥氣醫生，能把白色的長袍子穿出時裝的感覺，很有愛。

長頸鹿先生

老實可靠的郵差，不知疲倦地奔波在送信的路上。

郝姐姐

溫柔的護士姐姐，有長長的鬈髮，說話聲音很好聽。

目錄

引子

　　山的北面橫着一條河，河邊是一大片草地，草地上鼓起一幢幢好看的別墅，最前面的那幢像一朵蘑菇，門口插着一塊白色的牌子，上面寫着：山北休養院。

　　每個星期天的中午，長頸鹿先生會把信送到休養院。休養院裏的客人有的心情不好，有的脾氣不好，有的已經很老了，有的病得不輕。那些信，有的令人高興，有的卻充滿悲傷。對大家來說，每次拆信都是愉快而又緊張的。幸運的是，來了一隻拆信貓……拆信貓拆開的信，每一封都帶着山南邊梔子花的香甜味兒，帶着意想不到的神奇和美好。

第一章

魔術師阿變

　　雨後，天氣晴朗，山北休養院迎來一位特殊的客人。

　　是個魔術師。

　　整間休養院都沸騰了。

　　「聽說他的名字叫阿變，變來變去的變。」

　　「是個年輕人。」

　　「阿變會為我們表演魔術嗎？魔術實在是太有趣了！」

　　「可是他把自己藏在房間裏，看起來一點兒都不像魔術師，倒像一桶酒，不聲不響藏在地窖裏等着發酵。」

「他會不會是個假魔術師？」

「不會吧……」

休養院的客人們都在議論阿變。

阿變聽見了，決定跟大家正式見個面。

見面的時間安排在午餐後，地點就在休養院的院子裏。那是一大片平整的草地，草地上散落着長長的木椅子，還有盛開的野花，鴿子和麻雀都喜歡來這裏玩耍。

「我們有魔術看了！」

「簡直太幸運了！」

「想想就激動。」

聽說魔術師阿變要跟大家隆重見面，休養院的客人們都很高興。

吃過午餐，魔術師阿變換上一套乾淨的衣服，踩着尖頭皮鞋走出房間，走出2號別墅，在大家期待的目光裏，來到院子中間。

長椅子上早就坐滿了人。休養院的客人、醫生和護士看到阿變出場，連忙把最熱烈的掌聲送給他。

「天呀，他怎麼穿了一身運動裝？魔術師不是應該穿禮服的嗎？」

「運動裝配了尖頭皮鞋……難道現在魔術師都流行這身打扮？」

「會變魔術就好，穿什麼衣服無所謂。」

護士郝姐姐走到阿變身旁，壓壓手掌請大家安靜。

周圍靜下來。

「這位就是阿變，他是個魔術師。」郝姐姐用好聽的聲音把阿變介紹給大家，「阿變來自山南邊最優秀的魔術師家族──SCP家族，他是SCP魔術師家族的第四代傳人……」

「哇！原來是著名的SCP魔術師家族的傳人！」

「太厲害了！」

「阿變，歡迎你來到休養院！」

大家歡呼起來。

阿變抬起眼睛，微笑着轉動身體向所有的人揮手示意。

「阿變，快點兒變魔術吧！」大家都等不及了。

阿變「呵呵」笑着，雙手插進褲袋，嘴巴動來動去，好像不知道該說些什麼。

所有的人都睜大眼睛注視着阿變的褲袋。

幾秒鐘後，阿變的雙手終於從褲袋裏拿了出來。

所有的眼睛都注視着阿變的雙手，彷彿下一秒鐘，那雙手就會變出一束鮮花或者一隻白鴿。

阿變站在那兒，甩了甩滿頭鬈曲的金色短髮，好一會兒才開口說話：「嗯……沒錯，我的確是個魔術師，來自SCP魔術師家族。很高興認識大家。那個……我在休養院要住上一陣子，所以大家以後會有機會看我表演魔術，而今天……

現在⋯⋯我想讓大家看到，除了魔術，我還會其他的表演。」

阿變語無倫次地說了一大堆話，大家的表情越來越驚訝。

「我給大家跳一段街舞吧！」

阿變搖晃着瘦小的身體，扭扭脖子抖抖腿，跳起了街舞。

「魔術師會跳街舞？」

「跳得還挺不錯。」

客人們一邊議論，一邊很給面子地欣賞魔術師阿變跳街舞。

一段街舞跳完，聽着潮水般的掌聲，阿變的臉一陣陣發燙，他覺得自己非常丟人。

「謝謝大家！」他挺了挺胸膛，大聲說：「其實，不是我不願意表演魔術，而是⋯⋯我把魔術弄丟了。為什麼會弄丟，能不能找回來，我統統不知道。」

「什麼？」

「魔術師弄丟了自己的魔術？」

「這就相當於廚師弄丟了鍋！」

「不不不，比這更嚴重，相當於演員弄丟了演技！」

「事情太嚴重了！」

「這可怎麼辦？」

阿變聳聳肩膀：「無所謂啦。沒有魔術也能活下去，不是嗎？」

看起來他好像不是很着急，也不是很難過。

可是，休養院的客人、醫生和護士都替他着急，替他難過。

田大廚站在人羣中，跟大家一樣焦慮，他深深吸了一口氣，摸摸自己大大的圓腦袋，自言自語道：「得快點兒介紹拆信貓給阿變認識，拆信貓那麼神奇，也許能幫助阿變把魔術找回來。」

拆信貓的木屋離休養院不遠，田大廚撐起一把黑色的大傘，向木屋走去。

這個時候，木屋裏的拆信貓正在生自己的氣，因為她覺得自己犯下了一個不可饒恕的錯誤。

第二章
遺失了一封信

爐子裏烤着梔子花餅乾，拆信貓趴在沙發椅上，托着大臉想事情。

田大廚從門外走進來，收起手上的大黑傘，放在門口。

「沒下雨，你又撐傘。」拆信貓看見了，嘟噥道。

田大廚咧開嘴，「嘿嘿」笑着說：「你忘了嗎？龍醫生說過，撐着大黑傘走路的話，會顯得很有氣質。而且有時候你也是這麼做的哦。」

拆信貓腦袋一歪，不理他了。

「休養院來了個魔術師！」田大廚大聲說。

拆信貓豎起耳朵：「什麼？魔術師？」

「沒錯，他叫阿變。」

「這個名字真有趣。」拆信貓跳到地板上。

「我在休養院當了那麼多年的廚師，然後又當了這麼多年的保安員，可從來沒見過魔術師住到休養院，你不知道我有多激動。可是⋯⋯誰能想到，魔術師阿變居然把魔術給弄丟了⋯⋯你說他丟什麼不好呢？丟帽子、丟鞋子、丟臉、丟人都行啊，偏偏丟了魔術⋯⋯」

「真可惜。」拆信貓咂咂嘴，替魔術師感到難過。

田大廚說：「我帶你去看看阿變吧。」

「不去。」

「為什麼呢？」

「呃⋯⋯我在烤餅乾啊。」

拆信貓心情很不好，她覺得如果就這樣去見那個新來的魔術師的話，說不定會把第一印象破壞。第一印象非常重要。

餅乾散發出梔子花的香甜味兒，田大廚深吸

一口氣，愉快地說：「我今天又有口福啦！」

拆信貓趴在地板上，繼續想事情。

周圍安靜極了。

過了一會兒，餅乾的香味變成了焦味。田大廚嗅了一下，忍不住打了個噴嚏。

這個噴嚏實在是太響了，拆信貓被震得腦袋發暈。她愣了一下，急忙跳起來，跑到爐子邊，把餅乾取出來。

烤焦的餅乾被拆信貓放在雪白的盤子裏，它們看起來黑乎乎的，很醜，很可憐。

「你居然把餅乾烤焦了，噢，拆信貓，這是從來沒有發生過的事情。」田大廚站在一邊用紙巾擦鼻子，一臉擔心地看着拆信貓，「你今天看起來很不對勁，發生什麼事情了？」

拆信貓找來垃圾桶，要把烤焦的餅乾倒進去。

田大廚連忙把盤子搶過來。

「烤焦的餅乾不能吃。」拆信貓說。

「我不吃。」田大廚說，「我只是捨不得扔掉。我看看，看看還不行嗎？這可是你辛勞的成

15

果。」說完，他把雪白的盤子放在餐桌上，又打了個響亮的噴嚏。

拆信貓把窗戶打開，好讓餅乾的焦味被風吹走一些。

做完這些，她趴在窗台上，看着窗外遼闊的綠草地，鼓着腮頰想事情。

「到底怎麼啦？」田大廚拍拍她的後背。

拆信貓揉揉粉紅的鼻頭，不作聲。

「不願意說的話，我就不問了。但是你不要太難過哦，不管發生什麼事，有我呢，我會陪着你。」

田大廚站在她身後，默默地陪着她。

陽光鋪灑在草地上，也把窗台上的拆信貓鍍成了金色，她趴在那兒，一動不動，像一尊金燦燦的雕像。

餅乾的焦味兒慢慢散去，微風把窗外青草的

味道帶進來，田大廚做了個深呼吸，故意提高嗓門：「春天說來就來了，也許我們可以出去放風箏，還記得去年我們放過的風箏嗎？是一隻大海龜，哈哈，我們把一隻大海龜送到天上，真是太有趣了⋯⋯」

拆信貓沒有接話。

「你真的不去認識一下魔術師阿變嗎？」

拆信貓搖搖頭。

「我得走了。」田大廚說，「要知道，保安員的工作非常重要，不能老是把別人拉過去臨時幫忙，我得回去了。」

「那你走吧。」拆信貓頭也不抬。

田大廚聳聳肩膀，走到餐桌邊，從盤子裏揑

起一塊烤焦的餅乾，走到門口拿起那把大黑傘，撐開，大步走進草地。

田大廚當然不知道拆信貓不開心，是因為弄丟了一封信。

這封信對拆信貓來說非常重要。

田大廚圓滾滾的背影漸漸消失在拆信貓的視線裏，拆信貓伸了個懶腰，抖擻精神，挺了挺身子，對自己說：「再好好回憶一下吧。」

說完，她跳下窗台，慢慢地朝門口踱步。

「昨天長頸鹿先生從山南邊過來，和往常一樣敲了我的窗，接着我跑出木屋，他說有我的信，然後把信交給我。哦，我當時是多麼開心啊，但因為急着和長頸鹿先生一起去休養院送信，然後幫那裏的客人們拆信，所以沒時間打開自己的那封信，就隨手把它放在什麼地方……放在什麼地方呢？」

拆信貓撓撓腦袋，使勁兒想，使勁兒想，怎樣都想不起來。她重重地歎了口氣，鼻子裏發出「噗嚕噗嚕」的聲音，又跟自己生起氣來。

第三章

我們都弄丟了東西

　　郝姐姐來找拆信貓的時候，拆信貓正在紙盒裏睡覺。

　　拆信貓有很多紙盒，所有的紙盒都被拆信貓裝飾成舒舒服服的牀，有的大一點兒，有的小一點兒，有的淺一點兒，有的深一點兒，而且有各種形狀和顏色。

　　這一次，拆信貓睡的牀，是木屋裏最深的一個紙盒，郝姐姐把整條手臂伸進去，都摸不到拆信貓的身體。

　　不開心的時候，拆信貓就會睡到很深的紙盒裏，把自己藏起來。

　　如果不是拆信貓自己醒來，自己爬出來，郝姐姐得把紙盒剪開，才能把她抱出來。

　　「對不起，把你吵醒了。」郝姐姐在沙發椅上坐下，抱歉地說，「但願沒有打擾到你的好夢。」

　　拆信貓拱了拱身子，伸個懶腰，跳到郝姐姐的大腿上，悶悶不樂地說：「哪有那麼多好夢？不做噩夢已經很不錯了。」

　　「聽說你很不開心，我來看看你。」郝姐姐撫摸着拆信貓漂亮的後背，「發生什麼事了？」

　　拆信貓抬起大臉，大眼睛和郝姐姐對視了一下，把頭低下去。

　　「不願意說也沒關係，不過，你可不能一直鼓着臉哦，鼓着臉就不漂亮了。」郝姐姐把拆信貓抱起來，

跟她臉對着臉，提高嗓門說，「我現在把臉鼓起來，你看看我是不是變醜了？」

郝姐姐把臉鼓起來，腮頰凸起圓圓的球，好像兩邊都塞了一隻雞蛋。原本很漂亮的臉一下變成了一個肉肉的球。

拆信貓從來沒見過郝姐姐這副樣子，「哈哈哈！哈哈哈！」，笑個不停。

郝姐姐也跟着笑，肉肉的球不見了，漂亮的臉又回來了。

「拆信貓，你總算開心起來了。」郝姐姐撩了撩長長的鬈髮，歎了口氣。

拆信貓停住了笑聲，粉紅的鼻頭抽了抽，揉揉眼睛，好像快要哭出來了。她又想到了把信弄丟的事情，所以又不開心了。

郝姐姐抱着她，站在窗口，和她一起欣賞外面的風景。

「你看，春天來了，柳樹發芽了，草地更綠了，這個世界到處生機勃勃。還記得去年春天，我們一起在草地上開聯歡會的事情嗎？龍醫生彈

22

結他，田大廚的時裝表演，休養院的客人們也參與了不少節目，吹笛子、講故事、唱歌……」

「那天郝姐姐是主持人，穿了一身連衣裙，淡淡的粉色，像童話裏的公主。」拆信貓說，「長頸鹿先生也來了，給我們表演頂氣球。」

拆信貓說完，歎了口氣。她又想到丟失了一封信的事情，那封信是長頸鹿先生昨天送來的。

郝姐姐把她摟在懷裏，摟得緊緊的。

陽光慢慢西斜，夕陽把草地染成了金黃色，一天快要過去了。

郝姐姐離開木屋後，拆信貓獨自趴在窗台上，想起那封丟失的信，心情越來越煩躁。

那可是一封重要的信。

她決定出門透透氣。

拆信貓來到了山腳下，蹲在河邊，靜靜地看着夕陽下的河水，安慰自己：別難過了，你是最快樂、最勇敢的拆信貓哦。

「嘿，你是真的還是假的？」

一個聲音從後面傳來。

　　拆信貓轉過臉，看見一個單薄的人影兒靠近她。

　　暮色中，拆信貓看不清那個人的臉，但那一頭鬈曲的短髮，還有那雙像小船一樣的尖頭皮鞋吸引了她的注意。

　　「哦，會動，是一隻真的貓，不是一塊雕塑。」鬈頭髮走過來，在拆信貓身旁蹲下，「你看起來很不開心。」

　　「你看起來也很不開心。」拆信貓說，「開心的人不會在傍晚一個人跑到河邊來。」

　　「真是一隻聰明的貓。」鬈頭髮歎了口氣，告訴拆信貓，「跟你說也沒關係，我弄丟了一樣東西，那樣東西對我來說很重要。」

　　拆信貓站起來：「我也弄丟了一樣東西，那樣東西對我來說也很重要。」

　　「這麼巧！我們都弄丟了一樣重要的東西，然後我們在這兒相遇了！」鬈頭髮伸出一雙大手，「我能抱抱你嗎？可愛的貓。」

　　這雙手是那麼大，大得跟鬈頭髮那瘦小的身

體很不相稱。

鬅頭髮把拆信貓抱在懷裏。

「你弄丟了什麼東西呢？」拆信貓和鬅頭髮同時問對方。

「你先說。」

「你先說。」

鬅頭髮想了想，說：「那我們一起說吧。一、二、三……」

屏住呼吸，然後一起說：

「魔術。」

「一封信。」

拆信貓叫起來：「你就是阿變？休養院新來的魔術師阿變！」

「沒錯。你該不會就是那隻拆信貓吧？休養院所有的客人都喜歡的拆信貓！」阿變激動起來，「聽說你是一隻神奇的貓。」

拆信貓忽然感覺有點兒難為情。作為一隻被大家喜歡得不得了的貓，怎麼可以因為丟了一封信而變得垂頭喪氣呢？

第四章

假冒的信

拆信貓把家具重新布置了一番，烤了一些餅乾，放在罐子裏，還把門口的地墊洗得乾乾淨淨。

接連幾天，拆信貓每天都安排自己做很多事，安排自己思考一些問題，儘量不去想丟了一封信的事情。

午餐過後，田大廚挺着肚子在休養院的大門口踱步，阿變倚着警衞室的門框，手裏玩弄着兩個小小的球。

「明天就是星期天了，每個星期天中午，長頸鹿先生都會帶着郵包，從山南邊把信送過

來。」

「長頸鹿先生是個郵差？」

「沒錯，一個出色的郵差。」

「很帥嗎？」

田大廚盯著阿變，從最上面草窩一樣的金色鬢髮，看到最下面小船一樣的尖頭皮鞋，很確定地說：「比你帥。」

阿變小眼睛一瞪，叉開雙腿，抱住雙臂，把臉側過去一點兒，眼睛斜斜地看過來，擺了個自認為很帥的姿勢：「這樣呢？」

田大廚很不給面子地回答：「除非你穿上禮服在舞台上表演魔術，不然的話，怎麼看都沒有長頸鹿先生帥。」

阿變重重地吐了一口氣，無奈地笑了：「為什麼你們都認為……我一定要把魔術找回來才好呢？」

「難道你自己不這樣想嗎？丟失的東西不應該想辦法找回來嗎？」田大廚說，「更何況你弄丟的不是一個鑰匙扣、一把雨傘之類的小東西，你失

去的是魔術，是一種本領，了不起的本領！」

阿變把頭低下去，看着手上的球，不作聲。

田大廚抬眼望了望遠處，發現拆信貓正往休養院走來。

「拆信貓來了！你看，她手裏托着一個盤子！我敢肯定，那裏面放着剛出爐的梔子花餅乾。哦，阿變，你吃過她烤的餅乾嗎？那簡直是絕世無雙的美味⋯⋯」

「真的嗎？」

阿變向遠處看，拆信貓正不緊不慢地向這邊走來。

「你吃過就知道了。」田大廚說，「拆信貓是一隻神奇的貓，不僅會拆信，還會烤全世界最好吃的梔子花餅乾。」

阿變想了想，告訴田大廚：「拆信貓說她弄丟了一封信，那封信對她來說很重要。」

「什麼？」田大廚叫起來，「她弄丟了一封信？你是怎麼知道的？」

「她親口告訴我的。」阿變說，「那封信她

28

還沒來得及拆開，就不見了。」

「這樣啊⋯⋯怪不得這幾天她很不開心。」田大廚摸摸自己大大的圓腦袋，「可憐的拆信貓，總是給別人拆信，自己好不容易收到一封信，卻不小心弄丟了。」

這時候，拆信貓已經離休養院不遠了。

田大廚一直看着她。

「看起來你很喜歡她。」阿變笑着說。

「不是看起來，而是從心底裏真心喜歡。」田大廚一本正經地強調，然後歎了口氣，說：「可是，拆信貓很不開心。要是你的魔術沒有弄丟，馬上給她變出一封信來，該多好。」

「變出一封信來？這麼簡單的事情怎麼需要用魔術呢？我們可以給拆信貓寫一封啊，現在就寫。」阿變把手上的球拋給田大廚，「幫我拿着。」

田大廚忽然覺得阿變好聰明。

「來不及了，拆信貓已經來了。」田大廚有些慌張。

「你跟她說一會兒話，我很快就把信寫好。」

阿變說完，鑽進了警衞室。

田大廚對着警衞室做了個加油的動作，然後走向草地，迎接拆信貓去了。

他把拆信貓攔在離休養院大門不遠的地方。

「你終於來了……好像老遠就聞到了香味……」

田大廚「嘿嘿」笑着，注意到拆信貓手上托着的雪白盤子裏，放滿的竟然不是餅乾，而是一條條排列整齊的烤魚。

狹長的烤魚泛着油汪汪、亮晶晶的光澤，上

面撒着碎小的萵苣丁和紅椒丁，散發出令人無法抗拒的香味。

「我的天啊！」田大廚驚叫，「拆信貓，你，你居然拿出了自己的看家本領！我，我……我已經好久沒見你做烤魚了！」

田大廚激動得圍着拆信貓手舞足蹈，口水不由自主地往下淌。

「在我還是個廚師的時候，跟你比賽做烤魚，結果我輸了，你還記得嗎？那次我輸了！我一個廚師，居然輸給一隻貓，你知道我當時有多麼氣憤、多麼沮喪、多麼不甘嗎？直到我拿起筷子夾了一塊你做的烤魚……那一刻我徹底服了！」田大廚興奮地說個不停，「現在，今天，你又做烤魚了，噢，我感覺自己幸福得快要昏過去了……」

說着，他眼睛一閉，腦袋一歪，做了個昏過去的動作。

「這盤烤魚不是為你做的。」拆信貓很不給面子地說，「告訴我魔術師阿變住在幾號別墅，

我要去找他。」

　　田大廚立即「活過來」，氣得說話都結巴了：「什⋯⋯什麼？烤魚⋯⋯是⋯⋯是給阿變做的？」

　　「對呀。」拆信貓說，「阿變弄丟了魔術，得幫他找回來。我想，可能是因為他太瘦了，所以抓不住魔術，讓魔術跑了，所以我就給他做了烤魚，幫他加添營養，他的身體長得結實了，說不定魔術就回來了！」

　　「聽見啦！烤魚真的是為我做的嗎？我在這兒呢！」阿變走出警衞室，一步滑到拆信貓跟前。

　　田大廚朝阿變眨了一下眼睛，湊到他耳邊小聲問：「信寫好了？」

　　「當然。」阿變小聲回答。

　　「那⋯⋯你可以享受烤魚了。」田大廚酸溜溜地說。

　　阿變蹲下來，從拆信貓手上接過盛着烤魚的雪白盤子，閉上眼睛聞了聞，陶醉了幾秒鐘後，

睜開眼問了個跟烤魚完全沒關係的問題：「拆信貓，你弄丟的信，信封是什麼顏色的？」

「和盤子一樣，雪白雪白。」拆信貓的眼睛一下亮了，「阿變，你是不是見過我的信？在哪兒呢？」

「在那兒！」阿變伸出一條手臂，直挺挺地指向警衞室，「田大廚撿到的！」說完，他朝田大廚使了個眼色。

「哦，對對對，我撿到一封信。」田大廚連忙配合地說，「剛剛撿到。信封上寫着你的名字……我正想着給你送去，你就來了。」

拆信貓抬起眼睛，大臉笑成一朵花。

第五章

找到了，找到了

「我一直覺得自己不聰明，沒想到你的智商也挺讓人着急的。」田大廚舔了舔油膩膩的嘴唇，對阿變說。

「什麼意思啊？」阿變坐在警衞室的桌子前，盯着雪白的盤子裏一架完整的魚骨，頭也不抬地回應。

拆信貓送來的一盤烤魚，阿變只留下一條，其他的都分給了2號別墅的鄰居。留下的這條烤魚，阿變吃了這一面的魚肉，田大廚吃了那一面的魚肉，現在只剩下一架舔得乾乾淨淨的魚骨了。

田大廚歎了口氣，說：「因為……我忽然想明白了，今天你給拆信貓寫的那封信，拆信貓看一眼就會知道那是假冒的。」

阿變扭頭飛快地看了一眼田大廚，不說話。

田大廚接着說：「雖然我們用的信封也是雪白雪白的，但信封上的字跟拆信貓弄丟的那個信封上的字怎麼可能一樣呢？最要命的是……拆信貓弄丟的那封信是長頸鹿先生送過來的，上面蓋着郵戳，而我們的信封上連個鬼影子都沒有。唉……信這種東西怎麼能假冒呢？我們好笨啊。」

田大廚說完，難過地搖搖頭，坐到門檻上，大肚子擱在大腿上，盯着休養院漂亮的大門發呆。

阿變伸出一根手指，順着魚頭把魚骨從頭到尾摸了一遍，笑了，轉過身對田大廚說：「沒錯，拆信貓一眼就能看出來，我們給她的那封信是假的。不過，這正是我希望的。」

「啊？」田大廚覺得自己的腦子不夠用了，

「要是拆信貓生氣了怎麼辦?」

「放心。」阿變說,「拆信貓看出那封信是我們偽造的,非但不會生氣,反而會被感動。有我們這麼好的朋友,她會慢慢開心起來的。」

聽阿變這麼一分析,田大廚不那麼擔心了。

「那你說,這個時候,拆信貓在木屋裏做什麼呢?」田大廚皺了皺眉頭。

「睡覺吧。」阿變說,「貓不是很喜歡睡覺嗎?」

才不是。

這個時候,拆信貓在木屋裏思考問題呢。

拆信貓一眼就看出來,阿變和田大廚交給她的那封信,並不是她弄丟的那封信,但她沒有生氣,而是被感動了。

從昨天到現在,整整一天一夜,拆信貓一直在思考問題,中間迷迷糊糊睡過去幾次,但每次都很快醒來了。

拆信貓蜷縮在一個繫着水灰色絲帶的紙盒裏,思考兩個問題。

　　第一個問題是，阿變和田大廚給她的這封信，為什麼信紙上一個字都沒有，只畫了一朵花。

　　第二個問題是，那封弄丟的信究竟在哪兒呢？

　　這會兒，拆信貓還在思考。

　　她瞇着眼睛想呀想呀，突然，窗玻璃被敲響了。她睜開眼睛，一骨碌爬出紙盒，看見窗外站着長頸鹿先生。

　　高大帥氣的長頸鹿先生站在逆光裏，像畫冊裏的紳士一樣優雅。

　　拆信貓抖了抖身體，揉揉眼睛，飛快地跑出木屋。

　　沒錯，又到星期天了，長頸鹿先生帶着郵包從山南邊翻山而來，給休養院的客人們送信。

　　長頸鹿先生慢慢趴下來，讓拆信貓爬上他的後背，然後慢慢站起來，駄着拆信貓穩穩地往前走。

　　拆信貓這才想起來，自己只顧着思考問題，

都忘了給長頸鹿先生烤餅乾。

「對不起，長頸鹿先生。」

拆信貓往上爬高一些，大臉緊緊貼着長頸鹿先生的脖子，「我忘了給你烤餅乾。你知道嗎？我這幾天心情很不好，昨天和今天才稍微變好了那麼一點點……」

「哦，拆信貓，請容
許我打斷你說話。」長頸鹿先生
微微晃了晃脖子，「這裏有點兒疼，
我想，你的鬍子大概是要戳進我的脖子
裏了。」

　　拆信貓連忙調整了一下姿勢。她的鬍子
很鋒利。

　　「接着說吧，心情為什麼不好？」長頸
鹿先生關心地問。

　　拆信貓吐了口氣，說：「上個星期天
你送來的那封信，被我弄丟了。」

　　長頸鹿先生聽了哈哈大笑，
笑得身體都顫抖起來，拆信貓
緊緊摟住他的脖子，
才沒有摔下來。

　　「人家着急又難過，你還好意思笑。」拆信貓很有意見。

　　長頸鹿先生笑夠了，慢吞吞地說：「那天我送完信回去，發現郵包的夾層裏還剩一封信，一看，是你的。哈哈，你那天太激動了，把我送給你的信又放進了我的郵包，自己完全不知道。」

　　拆信貓連忙打開長頸鹿先生的郵包。在郵包的夾層裏，果然她弄丟的那封信。

　　雪白的信封上寫着「拆信貓收」，郵戳是一個陌生又有趣的地名。

　　是旅行兔寫來的！

　　「太好了，我的信終於找到了，找到了，找到了。」拆信貓把信捂在胸口，幸福地閉上眼睛。

　　「以後可不能亂放東西啦。」長頸鹿先生說，「有些東西弄丟了可以找回來，可有些東西一旦失去了，也許永遠找不回來。」

　　「對呀對呀。你知道嗎，休養院來了個魔術師，叫阿變。」拆信貓睜開眼睛，很大聲地說，

「阿變弄丟了自己的魔術！還不知道能不能找回來呢！」

「阿變？」長頸鹿先生說，「對了，郵包裏有阿變的信，一封、兩封、三封……記不清了，反正有好多呢！這個阿變剛離開家搬到休養院，就有那麼多人想念他，給他寫信……看來他的人緣非常棒……」

拆信貓再次去翻長頸鹿先生的郵包。

沒錯，寫給阿變的信很多，厚厚一疊呢！

第六章

彩虹信

拆信貓為休養院其他的客人拆完信，才抱着阿變的信去找他。

走進2號別墅之前，拆信貓很仔細地數了一下手上的信，一、二、三、四、五、六、七，一共有七封。

這七封信，每個信封的顏色都不同，排在一起就像一道彩虹。

信封上的字跡都一樣，是同一個人寫的。

「真是奇怪啊！」拆信貓邊走邊晃着腦袋自言自語，「為什麼一下給阿變寫這麼多信呢？這些信為什麼不塞在同一個信封裏，非要分成七個

信封呢？為什麼用不同顏色的信封放這些信呢？
寫信的究竟是誰呀？」

「拆信貓，你在嘀咕什麼呢？」龍醫生正好
從別墅裏走出來。

拆信貓抬起大眼睛，笑了笑，感覺龍醫生又
變帥了。

龍醫生是整個山北休養院最年輕、最陽光的
醫生，所有的客人都喜歡他。白色長袍子穿在他
身上，簡直比時裝還好看。

「哦，我午餐吃得太飽了，吃飽了沒事幹……
背詩詞呢！」拆信貓隨口說。

她不想把七封信的事情告訴龍醫生，當然，
也不告訴郝姐姐，不告訴田大廚。

「怎麼會沒事幹呢？你不是正為客人們拆信
嗎？」龍醫生微笑着蹲下來，注意到拆信貓懷裏
抱着的一疊信，「還有這麼多信沒拆啊？忙完來
我的辦公室吧，我們可以一起討論詩詞。」

拆信貓瞇起眼睛笑了笑，擦過龍醫生的鞋子
向阿變的房間跑去了。

　　阿變的房間沒有關門，拆信貓在門口站定，做了個深呼吸，把七封信抱得更緊一些，走進去幾步，看見阿變正站在穿衣鏡前面，對着鏡子打手語。

　　他的手好大呀！

　　他穿了一件寬鬆的水果綠毛衣，一條紅色的緊身褲，尖頭皮鞋擦得很光亮，鬈曲的金色短髮有點兒凌亂。拆信貓覺得身材瘦小的阿變這樣的打扮，看起來根本不像一個魔術師，更像一個小丑。

　　「阿變，你為什麼要對着鏡子打手語呢？」拆信貓感到奇怪。

　　阿變轉過身，看見拆信貓抱着一疊信站在那兒。

　　「有我的信嗎？」阿變用大手抓了抓自己的頭髮。

　　「你先告訴我，為什麼對着鏡子打手語？」

　　「不是打手語，我是在練習魔術。」阿變聳聳肩膀，小小的臉笑起來時顯得不那麼尖了，

「你做烤魚給我吃，希望我長得結結實實，把魔術找回來，而田大廚也覺得丟失的東西應該努力找回來。所以，我想找回我的魔術。」

拆信貓聽了，很高興，但是又覺得有點兒對不起阿變。沒錯，在心裏把阿變看成一個小丑，肯定是對不起阿變的。

「可是，魔術師不是應該穿西裝，打領結，外面搭一件披風的嗎？你為什麼把自己打扮成一個小……哦，你為什麼把自己打扮成一顆草莓呢？」拆信貓嚥了口唾沫，很想努力忘掉「小丑」的想法。

阿變提了提寬鬆的毛衣的肩膀處，轉身瞥了一眼鏡子裏的自己，拱了拱圓鼻頭，說：「那又是誰的規定呢？沒道理。」

說完，他再次把注意力放到拆信貓懷裏抱着的那疊信上。

「有我的信嗎？」

「有。」拆信貓點點頭，依然把信抱得緊緊的，沒有交給阿變的意思。

阿變嘴巴一咧，在房間裏轉着圈，愉快地嚷着：「我就知道拉拉會給我寫信，哪怕SCP魔術師家族所有的人都不理我，拉拉也不會不理我的。」說完，他蹲下來，伸出一隻大大的手掌，「把信給我吧。」

「我想幫你拆信。」拆信貓抱着七封信不鬆手。

「拆信這麼簡單的事情，怎麼用得着你幫忙？」阿變用另一隻手撫摸拆信貓的腦袋。

拆信貓滿心期待地看着他，不作聲。

「嗯……你好像生氣了。沒錯，我聽說了，你是一隻神奇的貓，休養院的客人都喜歡請你幫忙拆信……好吧。」阿變揉揉自己的圓鼻頭，「那就請你幫我拆信吧。」

拆信貓笑了。

「阿變，這些信都是你的。」

拆信貓跳到阿變的牀上，把七封信放在被子上一一排開。

紅橙黃綠青藍紫，七種顏色，像一條絢麗的

彩虹。

「呃……我先拆哪封呢？紅色的吧。」

拆信貓剛想去拿那封紅色的信，阿變的大手忽然搶在前面把七封信全部拿走了。

「哈哈，我的信還是我自己拆吧。」阿變把七封信抓在手上，一邊注意信封上的筆跡，一邊皺起了眉頭，「居然不是拉拉寫的。」

「拉拉是誰呀？」拆信貓摸摸鬍子。信被搶走了，拆信貓有些難過，但又有什麼辦法呢？拆人家的信，得經過人家同意，不然就是犯錯。

「拉拉是我妹妹。」阿變說着，躺到牀上去。

「不是拉拉寫的，是誰寫的呢？」

阿變沒有回答。他的兩隻小眼睛離開信紙，盯着天花板，一動也不動。

「阿變，你怎麼啦？」拆信貓踩踩他的肚子。

阿變翻了個身，突然跳下牀，把七封信胡亂地塞進衣櫃的角落，對拆信貓說：「這些信一點

兒都不有趣，我們還是聊聊別的吧。」

　　拆信貓注視着阿變很不開心但仍然笑咪咪的臉，注視着阿變嘴角那些細小的雀斑，感覺自己的心有點兒疼。

第七章

你終於回來了

月亮掛在窗外，像一隻彎彎的眼睛，整間木屋都浸潤在一片柔柔的月色中。

拆信貓點亮一枝蠟燭，坐在餐桌邊，把旅行兔寫給她的信拿出來，放在一個雪白的盤子裏。

已經是春天了。旅行兔離開拆信貓的木屋，差不多三個多月了。

他把所有重要的東西都留給拆信貓保管，還留給拆信貓一張字條，然後背着一個空空的背包去了遠方。

拆信貓一直記得，那張字條上寫着：

這一次，我的旅行時間會很長很長，去哪兒……先不告訴你。反正是個挑戰吧，還不知道能不能好好地回來呢……

　　這些日子，拆信貓一直為旅行兔擔心，也一直在等他回來。

　　現在，拆信貓收到了旅行兔寄來的信。

　　雪白的信封靜靜地躺在雪白的盤子裏，拆信貓看着它，捨不得馬上拆開。

　　「信裏面是好消息還是壞消息呢？」拆信貓雙手合十，閉上眼睛，對着信封，也對着窗外的月亮，默默地祈禱，「但願是好消息。」

　　拆信貓是一隻神奇的貓，拆開的每一封信都帶着山南邊梔子花的香甜味，帶着意想不到的神奇和美好。

　　她總是幫助別人拆信，很少為自己拆信。這

一次，她不想動用她的神奇本領，只想真真切切地看看信的內容。

「能寫信，說明你還好好的，沒發生什麼危險。」

「是不是還需要很長一段時間才能回到我的木屋？如果很快就回來，就不需要寫這封信了。」

「我現在要拆信了。」

拆信貓挺了挺身子，把雪白的信封從雪白的盤子裏拿起來，放到粉紅的鼻頭上嗅了嗅，小心地用鬍鬚劃開信封。

信紙上寫着大大咧咧的幾個字：

做好準備迎接我！

旅行兔要回來了！

　　拆信貓變得快樂又激動。她幸福地笑着，月亮接住她微笑的目光，也跟着她一塊兒笑起來，笑得彎彎的。

　　燭光輕輕搖曳，周圍安靜極了，一切都是那麼美好。

　　做好準備？沒錯，要好好準備。

　　拆信貓決定第二天好好打掃一下屋子，把為旅行兔特意做的紙盒淋拿出來曬曬太陽，再為旅行兔做一盤香噴噴的烤魚……想着想着，拆信貓趴在桌上睡着了。

　　月亮躡手躡腳地爬過窗戶，緩緩滑入山的那頭。

　　太陽慢慢地探出腦袋，把木屋籠罩在暖暖的陽光裹。

　　拆信貓從睡夢中醒來，發現自己睡在喜歡的紙盒裹。

　　壁爐旁邊的地板上，旅行兔「大」字形地平躺着，身上蓋着一塊大大的棕櫚葉。

　　背包放在他的腳邊，一邊的帶子已經磨破，

快要斷了。

「真是一個美好的夢。」

拆信貓咕噥着站起來，用力閉上眼睛，做了個深呼吸，再慢慢地睜開眼睛。喔！旅行兔真的躺在地板上睡覺呢！

「這難道不是個夢嗎？」拆信貓緩緩地靠近旅行兔。

是的，這不是夢。旅行兔回來了！在拆信貓讀完信睡着之後，旅行兔回來了。他把熟睡的拆信貓抱進了紙盒，然後倒下疲憊的身體，呼呼睡着了。

拆信貓蹲在旅行兔身旁，凝視着那張熟悉而風塵僕僕的臉，一顆懸着的心終於放下了。

「旅行兔，你終於回來了。你不在的這些日子，我很想念你，也很擔心你，你能好好地回來，我真是太高興了。」拆信貓輕輕地說。

她覺得旅行兔睡着了，不會聽到這些肉麻的話。

「你不在的日子，我用最漂亮的盒子為你做

了一張牀。田大廚說你是兔子，不是貓，不會喜歡睡在盒子裏，可我還是幫你做了，也許你會喜歡。我還把你的睡袋洗得乾乾淨淨，攤在草地上吸飽了太陽的味道。你那些重要的東西，我也都幫你保管得好好的……噢，旅行兔，你回來我真是太高興了。」

拆信貓說完這些，慢慢站起來，走向廚房，要為旅行兔烤餅乾。

「哈哈，拆信貓！」旅行兔突然從地板上爬起來，站得筆直。

拆信貓被嚇了一跳。

「剛剛那些話我全聽見了！」

「啊？我以為你睡着了！」拆信貓叫起來。

「你打呼嚕那麼響，我怎會睡得着？」旅行兔跳到拆信貓跟前，「三個多月不見，你的呼嚕打得比以前更驚天動地了，真擔心這樣下去，整間木屋都會被你的呼嚕聲掀翻。」

拆信貓仰頭看了看圓圓的木屋頂，說：「放心吧，木屋的頂很結實呢。」

「你知道我昨晚要回來嗎？」

「不知道。」

「我給你寫信了。」

「信上沒說是哪一天回來。」

「說了。」

「沒說。」拆信貓走到餐桌邊，把那封信拿起來，遞給旅行兔，「你自己看。」

旅行兔聳聳肩膀，拖着長音說：「叫你笨蛋，你還總是不服⋯⋯嗯，事實上你真是笨笨的。看看信紙的背面吧！」

拆信貓把信紙翻過來，發現角落裏擠着一些很小的字：

在你收到這封信的下一個星期天的晚上，我就回來了。

「有誰會這樣寫信嗎？正面寫一點兒，反面寫一點兒，你是故意捉弄我！」拆信貓很有意見。

旅行兔咧着嘴巴哈哈笑，笑夠了，重新躺到地板上，低聲地說：「快點兒給我烤餅乾吧，等我醒來，一定要好好地吃個飽。」

「你還沒告訴我，這次旅行你去了哪兒？」

「睡夠了再說吧。」旅行兔翻個身，舒舒服服地睡着了。

第八章

很忙很忙的阿變

拆信貓托着雪白的盤子向休養院走來，田大廚急忙迎上去。

「是要給阿變送去嗎？」田大廚抽抽鼻子，揉揉肚子，說：「唔⋯⋯好香啊！我一看到你做的梔子花餅乾，就感覺自己三天沒吃東西了，全身發軟。」

拆信貓仰起大臉，笑容甜甜的：「給你留着呢，等會兒你去一趟木屋，我們和旅行兔一起吃。」

「旅行兔回來了？」田大廚叫起來。

「昨天夜裏他像個幽靈似的回來了，我是早

晨醒來才發現的。」

「真想現在就去木屋，和旅行兔吃吃餅乾聊聊天。噢，你那位了不起的朋友一定有太多太多的見聞可以說給我們聽，真是太激動了！可是⋯⋯」田大廚扭頭看看休養院的大門，「我是山北休養院最敬業的保安員，沒到下班時間，可不能擅自離開。」

「就算你現在能離開，也請不要去打擾旅行兔。」拆信貓瞇起眼睛說，「他還在睡覺，睡得正香呢！」

田大廚點點頭：「那我就過些時候再去。」

拆信貓從盤子裏拿了一塊餅乾，遞給田大廚：「就這麼說定了。」

田大廚接過那塊香噴噴的餅乾，真想一口咬下去，但他猶豫了一下，把它放回雪白的盤子，很認真地說：「一爐餅乾十二塊，放在盤子裏真好看，不多也不少。阿變一定會喜歡的。」

「最重要的是，我得想辦法幫阿變拆信。他一下子收到七封信，一封都沒有拆。」拆信貓

說，「我希望可以幫他把信一封一封地拆開，帶
給他快樂。」

「哇，一下子收到七封信？好羨慕啊⋯⋯」
田大廚向拆信貓做了一個加油的手勢，「祝你好
運吧！」

拆信貓托着雪白的盤子走進休養院，來到2號
別墅，敲響阿變的房門。

門不開。

拆信貓聽到走廊的那一頭，有個房間傳來大
聲說話的聲音，好像還夾雜着笑聲。

她慢慢走過去。

走近了，在房間外面可以清晰地聽到阿變的
聲音。

「有一次，我的同學說想吃菠蘿，結果我變
出來的是榴槤，榴槤的臭味一下子充滿了整個課
室，我被老師請到講台前，罰背整篇課文。我一
氣之下把老師手上的語文書變走了，第二天老師
就跑到我家找我爸爸告狀了⋯⋯」

拆信貓往裏面探了探腦袋，看見客人們圍坐

在一起，阿變站在圓圈中間，手舞足蹈地說着話。

阿變穿了一件雪白的衛衣，帽子垂到屁股上，牛仔褲繃得好緊，上面布滿洞洞，尖頭皮鞋永遠光滑亮麗。

「噢，可憐的阿變！」

「你怎麼連菠蘿跟榴槤都傻傻分不清？」

「那你也肯定分不清橙子和橘子！」

「我好想吃火龍果啊，要是你能給我變一顆火龍果就好了。」

大家的反應還挺熱烈。

「火龍果？想起來了，有一次隔壁的男生要我變個火龍果給他吃，我故意把裏面的『黑芝麻』變成了黑豆那麼大，結果他一不小心弄傷牙齒，跑到我家找我爸爸告狀了……」阿變的嗓門越來越大。

「哈哈哈……」

「太有趣了！」

「火龍果裏面的籽變得像黑豆那麼大？隔壁

的男生當時的心情一定是崩潰的⋯⋯」

　　拆信貓本來還想站在門外聽一會兒，沒想到尾巴不小心暴露在門口，被大家看見了。她只好硬着頭皮走進去。要知道，盤子裏的十二塊餅乾可不夠大家分的。

　　雖然大家都推來推去，但餅乾還是很快就分完了，休養院所有的人都知道，拆信貓烤的餅乾簡直是無與倫比的美味。

　　「你願意去我的木屋嗎？」走出那間熱鬧的屋子，拆信貓對阿變說，「我烤了好多餅乾，好多好多。」

　　「只是為了吃餅乾嗎？」阿變無所謂地晃晃腦袋，「不去了，我忙着呢。」

　　拆信貓有些着急：「你還沒吃過我烤的餅乾。剛剛你把自己的那塊讓給了別人。」

　　「看他們吃得那麼香，你的餅乾味道肯定不錯。」阿變把拆信貓抱起來，摟在懷裏，「但是我現在真的沒時間。我已經答應了4號別墅的客人們，做他們的街舞教練，教他們跳街舞。哦，等

會兒還得去一趟3號別墅，那裏的朋友們等着我給他們講有趣的魔術故事呢！」

　　說話間已經來到了阿變房間的門口。

　　「你收到了七封信，一封都沒有拆，這是為什麼呢？」拆信貓從阿變的懷裏跳下來，仰起大臉，「難道你不喜歡那個寫信給你的人？」

　　「不喜歡。」阿變抓抓滿頭金色的鬈髮。

　　「請我進去坐一會兒吧，我想幫你拆信。」拆信貓用身子拱了拱阿變房間的門。

　　「進去坐一會兒可以，但是拆信的話……那些信根本沒有必要拆，我猜都能猜出裏面寫的是什麼。」阿變把門打開。

　　「我是拆信貓，為休養院的客人們拆信是我的職責，更是我的光榮。」拆信貓注視着阿變，「讓我幫你拆信吧。」

　　阿變拉開衣櫃。

　　拆信貓激動地跑過去，以為阿變要把那七封信找出來，讓她幫忙拆，結果阿變找了一條運動褲，扔到牀上，把衣櫃門關上了。

　　「我要換褲子了，換好褲子去4號別墅教大家跳街舞。拆信貓，你……是不是應該迴避一下？」

　　拆信貓無奈地搖搖頭，退出房間，為阿變關上門。

第九章

月亮的味道

「你現在可以告訴我了吧？三個多月的旅行，你去了哪兒？」拆信貓摸摸自己的鬍子，看着旅行兔。

「你就沒猜一猜？」旅行兔趴在餐桌前，嘴巴裏嚼着餅乾，含糊不清地說，「很早就給你提示了。天呀，三個多月時間你都沒猜出來，叫你笨蛋你還不服⋯⋯」

「不可以叫我笨蛋。」拆信貓氣得鬍子都豎起來了，嘴巴裏發出「噗嚕噗嚕」的聲音。

旅行兔把放着餅乾的雪白盤子抱在臂彎裏，躺到沙發椅上，挺了挺圓肚子，說：「告訴你

吧，我去找月亮了。」

　　「找……什麼？」拆信貓懷疑自己的耳朵出了問題。

　　「月亮。」旅行兔拿起一塊餅乾，「它有時候胖得像這塊餅乾一樣圓圓的，有時候卻瘦得像休養院食堂後面掛着的小絲瓜。當然，它也有不胖不瘦的時候，看起來像一隻韭菜餃子……」

　　「餅乾、小絲瓜、韭菜餃子⋯⋯
怎麼全是吃的呢？」拆信貓從餐桌邊
走過來。

　　「對呀，我一直認為月亮是可以吃的。」旅
行兔伸了伸舌頭，眼珠子骨碌碌轉，「有時候我
凝視着月亮，感覺月亮是一杯飲料，那杯飲料太
誘人了⋯⋯」

「月亮是一杯飲料？」拆信貓覺得自己的想像力一點兒都跟不上旅行兔。

旅行兔很認真地解釋：「月亮圓的時候，看起來多麼像一隻杯子的杯口啊！那隻杯子橫掛在天空，只要風刮得大一些，杯子就會動，杯口傾斜，杯子裏白亮的東西就會灑下來……」旅行兔忍不住瞇起眼睛，「也許是一杯加了蜂蜜的牛奶，也許是一杯加了布丁的雪梨汁，也許是一杯軟軟的蛋糕，也許是一杯熱呼呼的白巧克力……」

拆信貓在旅行兔越來越幸福的描述中，跟着他一起陶醉了。

「所以，我去找月亮了。只要杯口微微傾斜，我就能嘗到月亮的味道了！」旅行兔說：「我想，月亮會不會比你烤的梔子花餅乾還要好吃呢？」

「那你嘗到了嗎？」拆信貓激動起來。

她清楚地記得，有一次旅行兔告訴過她，如果他能嘗到月亮的味道，一定帶她一起去。

　　「這個……還沒有。」旅行兔說完，歎了口氣，耳朵垂下來。

　　拆信貓呵呵嘴：「月亮那麼高、那麼遠，你怎能嘗得到它的味道呢？好傻啊。」

　　「不管多高多遠，它掛在那兒呢，不是畫上去的，而是真實存在的！只要是真實存在的，我就有可能嘗到它的味道！」旅行兔信心滿滿地說。

　　拆信貓爬到沙發椅上，把旅行兔手上的盤子拿過來。

　　「讓我抱着嘛。」旅行兔把盤子奪過去。

　　「這盤餅乾是留給田大廚的，他一會兒就過來。」

　　「我幫他拿着，拿着而已，不吃。」旅行兔舔舔嘴唇，打了個飽嗝。

　　他已經吃了五盤餅乾。

　　拆信貓跳下沙發椅，走到壁爐邊，把旅行兔的背包拿起來，默默地找來針線，蹲在地板上，縫補快要磨斷了的帶子。

陽光從窗外照進來，春天鮮草的氣味被微風吹來，整間木屋明亮又溫馨。

「月亮有時候站在半山腰，我就去爬山，結果遇到一隻野豬，如果不是我逃得快，可能現在已變成了野豬的手撕兔排……」

「月亮有時候掛在樹梢，我找到了世界上最高的樹，在一羣猴子的幫助下爬到了樹頂，站在最接近天空的一根枝丫上，結果……沒摔死已經很幸運了。」

「月亮有時候躲在樓房後面，我爬上了高高的房頂……煙囪是整座樓房最高的地方，所以我爬上煙囪，可惜一不小心從煙囪掉下去，醒來的時候，白兔成了黑兔。」

旅行兔慢慢地說着，拆信貓用心地聽着，所有的聲音都安靜下來，只有拆信貓手中的針線穿過帶子的「嗦嗦」聲。

「哈哈哈，我來啦！」

田大廚推開木屋的門，首先晃進來的是大肚子，然後才是大大的圓腦袋。

　　旅行兔已經說得口乾舌燥，正猶豫着要不要去廚房找杯果汁潤潤喉。

　　拆信貓剛好把帶子縫補妥當。

　　「我是不是來晚了？」田大廚看了看懶洋洋的旅行兔，「你的旅行故事講完了嗎？」

　　「沒有。」旅行兔坐起來，「精彩的部分還在後面呢……嗯，我剛剛只講了整個故事的十分之一。」

　　「太好了！不過，我還是希望你能從頭到尾講給我聽。」田大廚激動起來，圓圓的臉笑得看不見眼睛。

　　旅行兔換了個姿勢躺下，蹺起了腿，慢條斯理地說：「先來點兒喝的吧。」

　　「喝的？」田大廚一拍腦門，「想起來了，去年冬天釀的栀子花酒，拆信貓給你留着呢！」

　　「真的？我還以為一場旅行錯過了冬天的栀子花酒呢！」旅行兔從沙發椅上跳下來，興奮得手舞足蹈，「拆信貓！酒呢？酒呢！」

　　拆信貓爬到壁爐的上面，取下一個沉甸甸的

葫蘆。

　　旅行兔找來兩隻酒杯，斟滿酒，和田大廚面對面坐在餐桌前，從頭開始講述找月亮的故事。

　　田大廚喝着酒，吃着餅乾，陶醉在旅行兔的故事裏，彷彿自己也離開休養院，去到那些遙遠而神秘的地方。

　　陽光漸漸西斜，又一天即將過去，月亮不會姍姍來遲，新的一天也會如約而至。

第十章

我喜歡你

　　春天就是這樣，總愛下雨，綿綿細雨，一下就是好幾天。

　　木屋的門敞開着，旅行兔叉着腰，挺着肚子，望着草地上面細雨迷濛的天空，猶豫着是不是出去走走。

　　「這個季節正是野山菌長得很茂盛的時候，跑進山裏，一定能採到一大堆肥嫩的菌子。」旅行兔咂咂嘴，「可惜，拆信貓不喜歡吃野山菌，真是個笨蛋。」

　　山隱沒在濛濛的雨簾後面，旅行兔揉了揉眼睛，伸了個懶腰。

他決定出去一下。

木屋裏唯一的大黑傘被拆信貓撐走了，旅行兔摸摸耳朵，四下看看，認為有個特別漂亮的紙盒可以當雨傘用。

那是拆信貓為他做的新牀，可是他一次都沒有跳進去睡過。

他覺得一隻兔子睡在紙盒裏是會被人笑話的。

旅行兔把纏繞着藍色絲帶的紙盒頂在腦袋上，關上木門，走進了濕漉漉的草地。

這個紙盒比他的身體大好多，他的整個腦袋都躲在紙盒裏，紙盒斜斜地覆蓋在他背上，一直到腳跟。

他慢吞吞地向着南面的山走去。

這時候，阿變正撐着一把大花傘從休養院出來，往山腳下走。

「那是個什麼東西？」阿變瞪大眼睛，「會走路的禮物盒？天呀，那個紙盒居然長着一雙腳！」

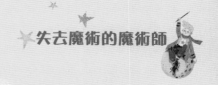

他加快腳步往前走。

旅行兔豎起耳朵，聽到身後傳來腳步聲，想回頭看看，可是頂着紙盒回頭太不方便了，於是也加快腳步往前走。

阿變緊追不捨。

旅行兔大步往前逃。

旅行兔越是逃得快，阿變越是追得來勁兒。

「這樣跟蹤我，太猖狂了！」

旅行兔突然放慢腳步，猛地轉身，衝向身後的那個身影……

阿變來不及閃躲，伸出手臂攬住旅行兔，把他抱在懷裏，旋轉，旋轉……紙盒飛出去了，旅行兔凝視着頭頂飛旋的花傘，一陣陣眩暈，感覺自己正飛向月亮。

「原來是隻白兔。」

「不要停下來。我要飛，飛到月亮身邊去！」

「飛到月亮身邊去？你以為自己是玉兔嗎？」

「唉，作為一隻普通的兔子，想要飛到月亮身邊去，確實很艱難。不瞞你說，我已經試過了，到野獸出沒的山裏去，爬到世界上最高的樹上，還上了屋頂，把自己弄得狼狽不堪，差點兒丟了性命，更別說挨餓受凍⋯⋯那麼努力都沒能到達月亮身邊，但是⋯⋯」旅行兔加重了語氣，「早晚有一天，我會飛到月亮身邊，嘗一嘗月亮的味道！」

旅行兔說完，瞇起眼睛，幸福地舔着嘴唇。

「明知道不可能，還這麼拚命……」阿變看着旅行兔一臉決絕和幸福的表情，對這隻兔子肅然起敬，「也許你是對的……我們都應該認真對待生活，認真對待這個可愛的世界，而不是滿足於簡單的玩鬧。」

旅行兔突然張開眼睛，說：「到時候我還要帶上那隻笨貓，噢，她是世界上最可愛的貓！」

「你說的是拆信貓嗎？這麼說，你是旅行兔咯？我聽田大廚提起過你。」阿變激動起來，「他說你是一隻有趣的兔子！」

「有趣？」旅行兔有些失望，「只是有趣嗎？田大廚難道沒說我長得帥、見識廣、聰明、正直、勇敢、善良、有愛心……」

「帥嗎？」阿變蹲下身，把旅行兔放下來，「跟我比還差點兒哦。」

「你是誰？」旅行兔鼓起腮頰，眨眨眼睛問，「為什麼把頭髮染成金色？為什麼打扮得像顆草莓？為什麼出來散步還穿一雙尖頭皮鞋？還

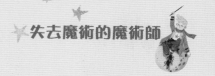

有……為什麼跟蹤我？」

「我是誰並不重要。」阿變做了個鬼臉，「重要的是，我知道你是誰，也知道你想飛到月亮身邊，嘗一嘗月亮的味道。」

「不管你是誰，既然你已經知道我的夢想了，那就在心裏為我加油吧！」

「會的。你是一隻有夢想的勇敢的兔子，我喜歡你。」阿變說。

旅行兔笑了笑，轉動腦袋到處找那個被撞飛了的紙盒，一邊小聲咕嚕：「休養院總是跑來一些奇奇怪怪的客人。噢，傻乎乎的拆信貓，毫無休止地為他們烤餅乾、拆信、烤餅乾、拆信……從來沒時間陪我出去旅行……」

而這個時候，拆信貓正在龍醫生的辦公室，跟龍醫生談論詩詞。

「沒有任何東西比詩詞更美妙、更能提升人的氣質。」龍醫生背靠着窗台站在那兒，手上握着一個茶杯。

「氣質？」拆信貓伏在椅子上，「田大廚最

79

想要氣質，我得跟他說多背背詩詞。」

龍醫生喝了一口茶，問道：「春天的詩詞中，你最喜歡哪句？」

「喜歡的很多，最喜歡的是⋯⋯」拆信貓有滋有味地背誦起來，「不知細葉誰裁出，二月春風似剪刀。」

「為什麼喜歡這句呢？」

「因為我想擁有剪刀一樣的春風，那樣我就可以試着用它來拆信了。老是用鬍子拆信，會不會顯得沒有創意？」

「用鬍子拆信已經是非常了不起的創意了。」龍醫生放下茶杯，把拆信貓抱在懷裏。

第十一章

紅色的信

　　拆信貓回到木屋，把從休養院食堂帶回的菜肉包子放在餐桌上。

　　「快來看哦，有你喜歡的菜肉包子。」

　　屋子裏沒有任何動靜。

　　餐桌的一角擺着一隻小烏龜，小烏龜下面壓着一張字條，上面寫着：

有個穿尖頭皮鞋的傢伙對我說，他喜歡我，因為我是一隻有夢想的勇敢的兔子。哦，這樣的鼓勵對我來說太重要了！謝謝你幫我把背包的帶子縫好，也謝謝你這幾天的照顧。牆角豎着的那塊棕櫚樹葉留給你，不要把它當成廢物，你會喜歡的。如果你能夠跟我一起去旅行，我連腳下的泥土都想親一口。

　　旅行兔走了。

　　他總是這樣，默默留下禮物和字條，瀟灑地離開，去追逐自己的夢。

　　拆信貓把小烏龜拿起來，放在手心。

　　這隻小烏龜是用棕櫚樹葉裁剪編織成的，四條腿露出短短的一截，脖子伸得長長的，尖尖的腦袋歪向一邊，彷彿在跟旁邊的誰說話。

　　它的眼睛黑亮黑亮的，拆信貓看不出是用哪一種植物的種子做的。

　　這隻小烏龜正好佔滿拆信貓的手心，看起來栩栩如生，可愛極了。

　　「傻瓜，每次都趁我不在家的時候離開，弄得神神秘秘、緊緊張張的。」拆信貓趴在窗口，望望窗外漸漸灰暗的天空，再扭頭看看牆角那塊巨大的棕櫚樹葉，有點兒想哭，「你擔心我會寂寞，對嗎？你想讓我學着用棕櫚樹葉編織東西，打發時間，對嗎？」

　　拆信貓揉揉粉紅的鼻頭，仰起腦袋，不讓眼淚掉下來。

　　　　　＊　　　　　　＊　　　　　　＊

　　清晨，拆信貓烤了一爐餅乾，帶着餅乾去找阿變。

　　阿變的七封信都還沒有拆，拆信貓每天都記着這事兒。

　　休養院安靜又美好，客人們有的在院子裏晨運，有的坐在木椅子上閒聊，還有的捧着收音機聽得投入。

　　拆信貓跟大家打過招呼，走進2號別墅。

　　阿變的房門開着，人卻不在裏面。

　　拆信貓正想去別處找找，看見郝姐姐端着餐盤走過來。

　　她的頭髮散發着香氣，拆信貓用力抽了抽鼻子。

　　「拆信貓，你也來找阿變嗎？」郝姐姐把餐盤放在桌子上，環視整個房間，「阿變去了哪兒呢？沒看見他去食堂吃早餐，我就把早餐送來了。」

　　「我在這裏。」一個聲音尖尖的，「你們數到三，我就出來了！」

　　「他太貪玩了。」郝姐姐無奈地聳聳肩膀，「有時候簡直就像個小孩子。你知道昨天晚上他

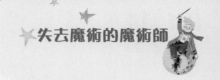

幹了什麼嗎？」

「什麼？」拆信貓好奇極了。

「他在紙上畫了一朵又一朵的花，敲開休養院的每一扇門，給每個人送一朵花……」

「別說啦！別說啦！」阿變大聲嚷着，「快數到三！」

郝姐姐和拆信貓對視了兩秒鐘，一起喊道：「一、二、三！」

阿變翻了個身，從牀底下爬出來。他穿着一身黑色的緊身衣，頭上戴着黑色的頭套，只露出兩隻眼睛，整個人看上去像一條滑溜溜的魚。

拆信貓和郝姐姐都嚇了一跳。

「我剛剛是在練習人體大挪移的魔術。」阿變把頭套脫下來扔到一邊，「我想把自己從牀底下變到櫃子裏，結果……」

「別着急，慢慢來。」郝姐姐安慰阿變，然後對拆信貓說，「你們聊吧，我要去看看別的客人了。」

「不要把昨晚的事告訴別人。」阿變抓抓頭

髮。

「那你以後要按時吃早餐。」郝姐姐說完走出房間，關上了房門。

阿變吃着早餐，拆信貓趴在桌子上看着他吃得亂糟糟的樣子。

「旅行兔說，你對他的鼓勵太重要了。他在心裏感謝你。」

「哦，那隻兔子，我喜歡他。」阿變抬起小眼睛，嘴巴動來動去，沒有說下去。他把餐盤推到一邊，抹抹嘴唇，後背靠在椅背上，好像一下子陷入了一道難題的思考中。

拆信貓靜靜地看着他。

過了好一會兒，阿變終於說下去了：「我覺得我和那隻兔子的差距挺大的。他是在追尋生活，而我是在拒絕生活。因此，他在得到，我在失去。」

拆信貓凝視着阿變，覺得阿變一下子變了。

阿變站起來走向衣櫃，說要換衣服，打開櫃門從裏面找出一堆衣服。

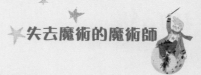

七封信也被翻出來，散落在地板上。

拆信貓跳過去。

「那麼，阿變，不要拒絕生活，現在就把信拆開看看吧。」

阿變不作聲，默默地整理那堆衣服。

拆信貓把信撿起來，放到牀上。

「我幫你拆。」

「想拆就拆吧，先拆開一封看看。」阿變頭也沒抬。

拆信貓高興極了，選了一封紅色的信，深吸一口氣，把粉紅的鼻頭貼近信紙嗅一下，嘴巴裏打出一連串呼嚕，咕嚕咕嚕喊：「現在是拆信貓時間！」腦袋一歪，用嘴邊最鋒利的一根鬍鬚劃開信封，梔子花的香甜味兒從信封裏飄出來，瀰漫着整個房間。

這是一種令人安靜而愉快的味道。

「我要讀信了。」拆信貓坐在牀上，展開信紙。

阿變沒有說話。

那天我收回你的魔術，把你趕去休養院閉門思過，你一句話都沒有說，默默地收拾行李轉身離開，單薄倔強的後背像極了我年輕時候的模樣。那一刻我忽然感覺到，也許錯的是我，我有時會對你發火，壞脾氣吞噬着我們父子間的感情……此刻，我多麼惦記你。

拆信貓讀完信，靜靜地看着阿變。

阿變抱着雙臂背靠在衣櫃前，扭頭看向窗外。

窗外，草長鶯飛，鳥語花香，春天像個魔術師把世界變得多麼繽紛美麗。

第十二章
橙色和黃色的信

　　拆信貓拱了拱身子，從牀上跳下來。

　　「我要回木屋了。」她對靠在衣櫃前發呆的阿變說。

　　阿變欲言又止，蹲下來抱起拆信貓。

　　「再拆一封吧。」阿變撫摸着拆信貓柔軟而漂亮的脊背，瞥了眼牀上剩下的六封信，「我想知道橙色的信裏面寫了些什麼。」

　　拆信貓非常樂意繼續為他拆信。她爬到牀上，在六封信裏找到橙色的那封，拿起來。

　　「他才沒那麼好說話……這回他會說些什麼呢？他究竟想怎麼樣……」阿變很緊張，搓着手

在房間裏走來走去。

拆信貓把粉紅的鼻頭貼近信紙，輕輕嗅一下，然後嘴巴裏打出一連串呼嚕，咕嚕咕嚕喊：「現在是拆信貓時間！」腦袋一歪，用嘴邊最鋒利的一根鬍鬚劃開信封，梔子花的味道令她自己都陶醉了。

「拆了？」阿變好像還沒做好準備。

拆信貓展開信紙大聲讀起來。

你小的時候，我教你從帽子裏變出一朵花，你很努力地去做，卻只變出了一片橙色的花瓣。那陣子你拚命地練習，每天得到的依然是一片橙色的花瓣。有一天晚上你把花瓣收集在一起，用膠水拼成了一朵橙色的花，跑來告訴我你成功了。我把花扔到地上，狠狠地教訓了你。我一直記得你默默地撿起那朵拼湊的花，流淚不止的樣子……想起這件事，我感到愧疚。那一年，你才六歲。

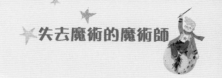

　　阿變站在窗前，一言不發。

　　「呃……橙色的花朵……一定很漂亮。他說他感到愧疚，你能原諒他嗎？」拆信貓把信塞回信封，盯着阿變單薄的後背。

　　「愧疚？他居然會感到愧疚？」阿變的語氣有些激動，「他是那麼嚴肅，只有在表演魔術的時候才會有笑容。他很少聽我說話，很少在乎我的感受，又怎麼會感到愧疚？」

　　「要不……我們來看看下一封信吧。」

　　「嗯，再拆一封。」阿變說。

　　拆信貓從剩下的五封信裏拿起一封黃色的信，熟練地拆開，展開信紙，看了一眼信的內容，想了想，剛要讀，門被推開了。

　　「唔……梔子花的味道真香。」郝姐姐微笑着出現在門口，「親愛的你們，午餐時間到了。」

　　拆信貓抖了抖手上的信紙。

　　郝姐姐點點頭，提高嗓門：「那你們繼續聊吧，我會幫你們把午餐送過來。」

「不必了。」阿變轉過身來，放下肩膀，輕輕歎了口氣，努力擠出一個輕鬆的笑臉，「我現在就去食堂。」

說完，他對握着信紙的拆信貓做了個無所謂的表情。

「拆信貓，你不一起去吃午餐嗎？」郝姐姐向拆信貓做了個「請」的手勢。

「你們去吧。」拆信貓搖搖頭說，「我不習慣在休養院裏白吃白喝。」

阿變跟着郝姐姐去食堂了。

　　拆信貓跳下牀，爬上書桌，把信紙平攤在桌上，找來一枝筆壓在信紙的右上角。

　　離開房間的時候，拆信貓抬起大臉對着書桌上的信紙打了個勝利的手勢。

　　　　　　＊　　　　　　＊　　　　　　＊

　　又是星期天了。

　　太陽爬到山頂的時候，木屋的窗戶被敲響了。

　　拆信貓連忙從廚房裏躥出來。

　　沒錯，長頸鹿先生來了。他和往常一樣帶着郵包從山南邊趕過來，風塵僕僕。

　　「餅乾很快就熟了，等一下好嗎？」拆信貓走出門口，很抱歉地說，「春天的太陽實在是太美妙了，我趴在窗台上多睡了那麼一小會兒，就耽誤了烤餅乾的時間……」

　　拆信貓每個星期天都會給長頸鹿先生準備好餅乾，放在他的郵包裏，讓他在路上吃。

　　「那就等一會兒吧。」長頸鹿先生愉快地

說，「想到山北有你烤的餅乾吃，我爬山的時候一點兒都不覺得累。」

長頸鹿先生慢慢趴下來，儘管這樣，他還是很高很高。

「只要你喜歡吃，我就一直給你做。」拆信貓很認真地說，「哪怕你將來不願意送信了，只要你到山北來，我就烤餅乾給你吃。」

「我怎麼會不願意送信呢？只要還能走路，我就一定會給大家送信的！」長頸鹿先生自豪地說，「這是我的工作，它讓我感到快樂和滿足。」

拆信貓爬上長頸鹿先生的脊背，抱着他的脖子，嘴巴裏發出「咕嚕咕嚕」的聲音。

「哦，這個星期的信還真不少呢！」長頸鹿先生拍拍郵包。

「有阿變的信嗎？」

「阿變？就是那個失去魔術的魔術師嗎？想起來了，上個星期他一下子收到七封信呢！這次好像……好像沒有他的信哦。」

95

「一封都沒有嗎？」

拆信貓打開郵包，一個個信封翻過去，沒有看到阿變的信。

「唉……」拆信貓有些失望。

「阿變現在怎麼樣了？他的魔術還能找回來嗎？」長頸鹿先生關心地問。

「阿變的魔術不是自己弄丟的，是被他爸爸收回去的。阿變的爸爸收回阿變的魔術，把阿變趕到休養院，要阿變在休養院閉門思過，還在信裏氣呼呼地說了好多指責的話……」

「看樣子父子之間鬧得很不愉快呢。幸好有你這隻神奇的拆信貓，能夠讓阿變讀到他爸爸內心最溫暖的想法。這對他們父子之間消除誤會、增進了解太重要了。」

「唉……SCP魔術師家族究竟是個什麼樣的家族呢？」

「你是說SCP魔術師家族？噢，那可是山南邊最有名氣的魔術師家族，我看過他們的表演，太精彩了！」長頸鹿先生興奮地說。

　　「真的嗎？」拆信貓激動地說，「那你見過阿變嗎？」

　　「阿變長什麼樣啊？」

　　「亂糟糟的鬈髮染成了金色，小眼睛、圓鼻頭、大嘴巴，喜歡換衣服，那雙尖頭皮鞋卻總是不變……總的來說，他長得像童話故事裏的人物。」拆信貓絮絮叨叨。

　　「長得像童話故事裏的人物？」長頸鹿先生好奇極了，「那一定很有意思。」

　　「等一下我們去休養院送信的時候，我帶你去找他。」

　　「好吧。」長頸鹿先生說，「等我回到山南邊，得抽空去找一找SCP魔術師家族，打聽一下情況，看看是不是可以幫到阿變。」

　　「太好了！」拆信貓高興地鼓掌，兩秒鐘後，大叫一聲，「呀！不好啦！只顧着說話，爐子裏的餅乾要烤焦啦！」

　　說完，她跳下長頸鹿先生的後背，跌跌撞撞衝進木屋。

第十三章

你會為我變出一壺水嗎？

「他真的是從山南邊翻山過來的嗎？」阿變問拆信貓，「用自己那麼長、那麼細的腿？只是為了給大家送信？」

「要不然怎麼辦？」拆信貓鼓了鼓腮頰，「要是山裏有個洞就好了，那樣從山南邊到山北邊，不用爬山那麼辛苦，穿過山洞就行了。」

「等我把魔術找回來，看看是不是可以幫你變一個很大很大的洞，放進山裏面。」阿變說。

拆信貓仰起大臉，充滿期待地點點頭。她想像着長頸鹿

先生從洞的那頭穿過來的樣子，想像着旅行兔蹦蹦跳跳地從洞的這頭走向那頭的樣子，甚至想像着自己走在洞裏的樣子……

阿變向拆信貓笑了笑，後背靠到椅背上，抬起脖子，掠過近處的別墅去看遼闊的天空。

拆信貓趴在阿變的腿上，半閉着眼睛，猶豫着是不是可以問問阿變，黃色的那封信看了沒有，剩下的那些信什麼時候拆。

休養院的客人、醫生和護士不時從他們後面經過，腳步輕輕的、目光輕輕的，誰也不打擾他們。

春天的陽光暖暖的，鋪在他們身上，輕輕的。風從草地那邊吹來，夾雜着柳樹和花朵的氣味，輕輕的。

那封黃色的信，拆信貓把它放在阿變的桌上，阿變已經看過了。

　　還記得那片黃色的沙漠嗎？那是我帶你去過最遙遠的地方。那次你把帶去的水很快地喝光了，回來的時候半路上口渴得要命，你停下腳步不肯走，要我變出一壺水給你，我沒有那樣做。如果這樣的事情重來一遍，我還是不願意給你變出一壺水。要是我們需要什麼就為自己變出什麼，那就是小偷，就是強盜，配不上SCP魔術師家族顯林的名聲。你可知道，看着你又渴又累還要堅強走路的樣子，我的心在流淚。

　　想起這封信，拆信貓感覺自己彷彿被一陣風捲進了黃色的沙漠中。

　　「阿變。」拆信貓迷迷糊糊地問，「如果我們一起去沙漠，我的水沒有了，你會為我變出一壺水嗎？我是說，等你的魔術回來了。」

　　阿變不作聲。

　　「會嗎？」拆信貓用力踩了踩阿變的大腿。

　　「會的。」阿變說，「我不會讓你渴死。」

　　「那如果需要水的是你爸爸呢？」拆信貓站起來，盯着阿變嘴角的雀斑。

　　阿變愣了愣，說：「他那麼強悍，永遠不需要別人的幫助。」

　　「我是說『如果』，『如果』他需要水呢？」

　　阿變想了想，鼻子裏呼出一串長長的氣，說：「我會的。」

　　「可他不會允許你那樣做。」拆信貓說，「他寧願渴死。」

　　阿變搖搖頭，好像不願意再繼續討論這個問

題了。

　　太陽悄悄地挪移，從這個山頭跑向那個山頭，拆信貓瞇着眼睛，不知不覺在阿變的大腿上睡着了。

　　田大廚拎着一隻運動鞋走過來，拆信貓睡得正香。

　　「真是倒霉！」田大廚在阿變對面的椅子上坐下，把那隻運動鞋拿起來在阿變眼前晃來晃去，「曬在窗外的運動鞋莫名其妙地少了一隻，現在只剩下這一隻了。」

　　阿變示意田大廚壓低嗓門，指了指大腿上熟睡的拆信貓。

　　田大廚聳聳肩膀：「她睡得安穩着呢，打雷都吵不醒。」

　　「你不去找你的鞋子嗎？」阿變問。

　　「找過了，怎樣都找不到。」田大廚把那隻孤單的運動鞋放在椅子上。它已經被田大廚肥厚的腳掌撐得鼓鼓的，失去了一隻鞋應有的外形和特點。

「難道是被風刮跑了？或者被一隻狗撿去，把它當作枕頭了？」阿變忍不住捂住嘴巴，「你這隻鞋有點兒臭……」

「確實有些味道。」田大廚把那隻鞋拿起來聞了聞，皺皺眉頭，接着說，「每次都穿着這雙鞋跟你學跳街舞，出了那麼多腳汗，能不臭嗎？嘿，現在整個休養院的客人都學會你教的街舞，郝護士說過，下次山北舉行舞蹈大賽，我們休養院要組隊參加了！肯定能獲獎！」

阿變一點兒都不高興。一個魔術師本來可以教給大家一些簡單的魔術，現在卻成為了街舞教練。

「只剩一隻鞋了，我還怎樣跳街舞呢？」田大廚低下頭看了看自己腳上的那雙舊布鞋。

「可惜我幫不了你。」阿變有些難過，「要是我的魔術沒有弄丟，別說一隻運動鞋，就是一艘船我都能變出來送給你。」

「什麼？你變過一艘船？」田大廚瞪圓了眼睛。

　　「沒錯，一艘船。」阿變仰望天空，思緒跟着雲朵飛起來，飛得很遠、很遠。

　　田大廚盯着阿變充滿遐想的眼神，看他半天不說一句話，摸摸腦袋歎了口氣，拿起那隻運動鞋，咕噥道：「我還是再去找找吧。」

＊　　　　　＊　　　　　＊

　　拆信貓醒來的時候，阿變的思緒總算飛回來了，他把拆信貓送回木屋，並且體貼地為她關好門。

　　拆信貓趴在窗口，看着西邊的太陽一點一點失去光芒，想起了遠遊的旅行兔。

　　她把窗台上的小烏龜拿起來，摸了摸它的腦袋，重新放在那兒。

　　這是旅行兔帶回來的禮物，儘管是用棕櫚樹葉裁剪編織成的，可看起來和一隻真正的小烏龜沒什麼兩樣。

　　拆信貓跳下窗台，站在門邊那塊好大、好大的棕櫚樹葉旁，想起了旅行兔留下的字條：不要

把它當成廢物，你會喜歡的。

　　拆信貓把棕櫚樹葉拖到壁爐前面的地板上，找來剪刀，剪下一條狹長的邊，慢慢地、小心翼翼地編織了一個月亮，不是很圓，但看得出是個圓形。

　　她把「月亮」捧在胸前，跳到窗口，抬起眼睛望向窗外。窗外，一輪月亮掛在天空，不是很圓。

第十四章

綠色、青色和藍色的信

　　一個星期後，長頸鹿先生帶來了山南邊的消息，關於SCP魔術師家族的一個重要消息。

　　這個消息讓拆信貓幾乎崩潰。

　　拆信貓一連幾天都沒有去休養院，沒有去找阿變。

　　田大廚做了一碗麵，盛在大瓷碗裏，用自己的衣服一層一層包住大瓷碗，跑來找拆信貓。

　　「你是不是病了？病了的話，吃碗熱氣騰騰的麵，馬上就會好的。我每次都是這樣的。」

　　「我沒有病。」拆信貓趴在深深的紙盒裏，頭也不抬。

　　田大廚把郝姐姐找來了。

　　郝姐姐提着漂亮的化妝盒來到拆信貓的木屋，拆信貓仍然趴在紙盒裏一動也不動。

　　「你是不是生氣了？生氣的話，化個漂亮的妝，馬上就會好的。我每次都是這樣的。」

　　「我沒有生氣。」拆信貓的聲音有些嘶啞。

　　郝姐姐只好把龍醫生請來。

　　龍醫生抱着一疊書來到拆信貓的木屋，拆信貓還是趴在紙盒裏，臉埋得深深的。

　　「也許你只是感覺生活有些無聊⋯⋯那麼，讀讀這些詩詞吧，馬上就會好的。我每次都是這樣的。」

　　「我沒覺得無聊。」拆信貓低聲地回答。

　　田大廚、郝姐姐和龍醫生都很着急，他們站在木屋外面分析原因，猜想着，或許拆信貓是想家了。

　　沒有誰知道拆信貓是從哪兒來的，也沒有誰知道拆信貓的家在哪兒。大家甚至記不清楚究竟是哪一天，拆信貓就這麼神秘地出現在山北的這

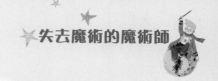

塊草地上。

「春天是容易想家的季節嗎？」田大廚摸摸自己滾圓的腦袋，「我怎麼覺得⋯⋯冬天才是呢。」

「想家才不分春夏秋冬。」郝姐姐說。

「得幫幫拆信貓。」龍醫生扶了扶眼鏡。

「我們把她拉出來，和她一起放風箏！」田大廚說，「別看她一直一個人住，其實她心裏可喜歡熱鬧了！而且，春天是放風箏的好季節哦！」

「我們去碰碰她的烤爐⋯⋯哈哈，她最受不了別人碰她的爐子！」郝姐姐為自己的好主意而激動，「那樣她一定會馬上從紙盒裏跳出來的！」

龍醫生擺擺手說：「你們的辦法都不怎麼樣。」

「那你有什麼好辦法呢？」田大廚和郝姐姐都看着龍醫生。

「要是有一封信就好了。」龍醫生說，「拆

信貓最喜歡做的事情是拆信，她看到信封就會有精神，就會跳起來。」

「可是，我們到哪兒去找沒有拆開的信呢？」田大廚一臉無奈，「長頸鹿先生一個星期才來一趟。」

「這可怎麼辦呢？」郝姐姐一臉焦慮，「拆信貓把自己藏在深深的紙盒裏，不吃不喝也不動，會生病的。」

這時候，阿變出現了，手上握着幾封信。田大廚、郝姐姐和龍醫生的眼睛都亮了。

「我還有四封信沒有拆。」阿變把信封舉起來，「這四封信也許可以讓拆信貓激動起來。」

「太好了！」

「那就交給你了。」

大家都為阿變打勝利的手勢。

阿變走進木屋，對着紙盒大聲說：「快起來吧，我現在需要你拆信！」

拆信貓終於抬起了被淚水浸濕的大花臉，濕漉漉的眼睛注視着阿變，不由自主地發出因為傷

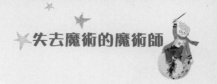

心而啜泣的聲音。

山南邊的消息錯不了，阿變的爸爸——SCP魔術師家族了不起的魔術大師阿恆，已經在不久前去世了，那差不多是阿變住到休養院一個星期後發生的事。

「你怎麼哭了？誰給了你天大的委屈？」阿變張開大手把拆信貓抱起來，摟在懷裏，一個勁兒安慰，「別哭了，別哭了，哭得真可憐，快別哭了。」

拆信貓揉揉眼睛，依然緊緊注視着阿變。

阿變的臉好小好小，阿變的眼睛好細好細，阿變的鼻頭好圓好圓，阿變嘴角的雀斑好多好多……

傻瓜，你還以為你爸爸有多麼強悍，其實他早就得了重病，只是沒告訴你。

傻瓜，你看你笑得多麼開心，無憂無慮，沒心沒肺，你都不知道，你沒有爸爸了。

傻瓜，你爸爸把你趕到休養院，是不忍心讓你經歷一場生死離別。

傻瓜，傻瓜。

拆信貓看着阿變，心裏有千言萬語。

「你怎麼啦？」阿變把

拆信貓放在沙發椅上，撫摸着她的腦袋，把四封信交給她，「快幫我拆信吧。這是你最喜歡做的事情，要和往常一樣，很開心地去做。好嗎？」

拆信貓把信接過來，小心翼翼地、無比愛惜地把它們放在沙發椅上，一一排開。

「綠色的、青色的、藍色的和紫色的信。」

阿變說，「你拆吧，都拆開。只要你能高興起來，我多希望變出山那麼大的一堆信，讓你拆個夠。」

拆信貓低下頭，

拿起一封綠色的信，粉紅的鼻頭貼近信紙嗅一下，嘴巴裏打出一連串呼嚕，咕嚕咕嚕帶着哭腔喊：「現在是拆信貓時間！」腦袋一歪，用嘴邊最鋒利的一根鬍鬚劃開信封。

梔子花的香甜味兒飄滿整間木屋。

拆信貓又拆開了一封青色的信和一封藍色的信。

最後，沙發椅上只剩下一封紫色的信了。

拆信貓把紫色的信拿起來，阿變一下搶過去。

「等一下。」阿變說，「我看你一連拆了三封信都沒有開心起來，這封先留着吧。」

拆信貓說：「留一封也好。你好好收藏，藏久一些再拆。」

阿變聳聳肩膀：「你今天太不對勁兒了。」

拆信貓抹了抹臉，理了理鬍子，把三張信紙一一打開，用嘶啞的嗓音，一封封讀給阿變聽。

綠色的信：

九歲那年的夏天，你說要坐船，為自己變了一艘綠色的小船。學校門口有一條河，河上架着一座橋，那是你和你的同學上學的必經之路，為了讓同學們坐你的船，你把那座橋變走了。可你的魔術實在是很糟糕，那艘變出來的船一點兒也不結實，船沉沒了，十幾個同學都掉到水裏……如果不是大人們及時趕來，你們全都去見落水鬼了。每次想到這件事情，我的心裏都會充滿恐懼。

青色的信：

　　　　你還學會了抽煙，那種劣質的煙草，冒着令人噁心的青煙，你卻當作莫大的享受。有一次你把老師粉筆盒裏的粉筆變成了一根根煙，老師當晚就來家訪了，你知道那一刻我是多麼不願意承認我是你的父親。作為SCP魔術師家族的一員，你要知道，魔術表演是為了給大家帶來快樂，可你卻常常用魔術來捉弄人，如果我不及時收回你的魔術，恐怕你還會製造出更多的笑柄，惹出更大的禍來。

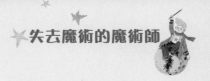

藍色的信：

　　　有一天你說你做了一個藍色的夢，你沒有細說，我也一直沒法知道那是個什麼樣的夢。我希望那是一個純淨的、有趣的、愛意綿綿的夢，我在心裏祝福着你，不管你是不是能夠感覺到。

第十五章

帶來一個新朋友

　　阿變已經好幾天沒教大家跳街舞了。

　　他不是躺在休養院外面的草地上睡覺，就是一個人跑去山腳下的河邊，什麼也不幹，呆呆地坐着，一副心事重重的樣子。

　　拆信貓總是遠遠地看着他，陪伴着他。

　　要不要把那個噩耗告訴阿變？到底要不要？拆信貓每天都在糾結。

　　陽光把草地烘得暖暖的，阿變吃過午餐，又躺在草地上睡覺了。

　　他仰面躺着，用兩片樹葉遮住雙眼，四肢展開，一動也不動。

　　拆信貓趴在休養院的門口，不時踮起腳，抬起眼睛，越過茫茫草地朝阿變橫着的小身體看一眼。

　　從拆信貓的角度望去，阿變的身體簡直就是一條又短又細的線。

　　「你好不容易變得正常一點兒了，阿變卻不好了。」田大廚嘴巴裏嚼着黑豆，甕聲甕氣地說，「你看看他，那麼活潑好動的人，現在連一句話都懶得說，像失了魂似的。」

　　拆信貓換了個姿勢，讓陽光照到肚皮。

　　「你不去烤些餅乾嗎？最好是烤魚。」田大廚蹲下來看着拆信貓，「郝護士說，阿變這幾天胃口不好。」

　　拆信貓微微抬了抬大臉，嘴巴裏「咕嚕咕嚕」叫了兩聲。

　　「也許他想家了。」田大廚說，「我剛來休養院那會兒，也是這副樣子。要不，讓龍醫生給SCP魔術師家族寫封信吧，請他們把阿變接回去。」

　　這時候，有個什麼東西晃晃悠悠地出現在休養院上空，看起來像個氣球，又像一個飛到天上的袋子。

　　「那是什麼？」田大廚說，「拆信貓，你快看，什麼東西在那兒飛？」

　　拆信貓慢慢地睜大眼睛，站起來，仰起大臉，順着田大廚的目光看去。

　　「它被一根線牽着呢。」拆信貓說，「是風箏。」

　　「哪有這樣的風箏！」田大廚說，「風箏一般都做成動物的樣子，植物和玩具也有，可你看它，一會兒扁扁的，一會兒圓圓的，哪像一隻風箏！」

　　「可它的的確確是一隻風箏。」拆信貓說。

　　「那麼，是誰在那兒放風箏呢？」

　　田大廚歪着腦袋朝遠處看了看，沒有發現放風箏的人。

　　「我要睡一會兒了。阿變回來的時候你叫醒我。」拆信貓打了個呵欠。

　　自從長頸鹿先生把阿變的爸爸去世的消息告訴拆信貓，拆信貓接連好多天都睡不好，又困又傷心。

　　田大廚把手心裏最後一顆黑豆丟進嘴巴，晃晃腦袋，抖擻精神說：「你睡吧，你們都睡吧，有我呢！」

　　說完，他做了個深呼吸，揉揉滾圓的肚皮，在休養院門口來回踱步。

　　那隻一會兒扁扁、一會兒圓圓的風箏正慢慢地往這邊飛過來。

　　風箏的這一頭拴在一隻長長而雪白的耳朵上。

　　「哈哈，這是我送給拆信貓的第幾份禮物了？」旅行兔一邊大步走，一邊抬着頭看天空，「拆信貓，這份禮物你一定會感到驚喜的，這可是我⋯⋯啊⋯⋯什麼東西？」

　　他被絆倒了，爬起來揉揉屁股，發現草地上躺着個人。

　　這個人被驚醒了，眼睛上覆蓋着的兩片樹葉

滑落了。

「旅行兔！」

「魔術師阿變！」

兩個聲音同時驚叫。

「你回來了？」阿變坐起來，轉動着有些僵硬的脖子，「你飛到月亮身邊了？嘗到月亮的味道了？」

旅行兔搖搖頭：「我沒有飛到月亮身邊，但是……」

一般來說，「但是」後面的話很重要，所以阿變把身子往前傾了傾。

「但是……」旅行兔閃動着紅色的眼睛，很認真地說，「我認識了一個新朋友，她告訴我，她飛到月亮身邊，嘗到月亮的味道了。我緊緊擁

抱她，在她身上聞到了月亮的味道。」

阿變好奇極了：「是誰這麼了不起？快告訴我，你的那個新朋友是誰。」

「那你先告訴我……」旅行兔也把身子往前傾，「你的魔術找回來了嗎？」

阿變的肩膀一下子沉下去，臉上的表情說明了一切。

旅行兔皺了皺眉頭，安慰他說：「別擔心。只要有一點點希望，就不要輕易放棄。」

說完，他抬起頭尋找自己的風箏。

「它就是我的新朋友，它一路上一直跟着我，跟我來到了這兒！」旅行兔指着頭頂，「它在那兒。」

阿變抬頭去看那隻造型簡單到不能再簡單的風箏。

「噢，你的新朋友是一隻風箏。一隻風箏飛到了月亮身邊，嘗到了月亮的味道？」阿變搖搖頭，「真是不可思議。」

「是風。」旅行兔說，「我的新朋友是風。

風飛到了月亮身邊，嘗到了月亮的味道。不信，你張開懷抱，抱抱她，聞聞她，用你的心，聞一聞……」

旅行兔張開雙臂，閉上眼睛。

阿變站起來，學着旅行兔的樣子，張開雙臂，閉上眼睛。

風溫柔地撫過他們的頭頂，調皮地掠過他們的鼻尖，擦着他們的肩膀飄散開去，散發出澀澀的香、淡淡的甜。

「月亮就在我們身邊，只要用心去感受，月亮的味道無處不在！」旅行兔幸福地說着，從耳朵上拉下線軸，在草地上奔跑跳躍。

「我的天啊！是旅行兔！旅行兔回來了！」田大廚欣喜若狂。

拆信貓一骨碌爬起來，揉揉眼睛，抬起大臉，看見一團雪白的身體正往這邊靠近。

頭頂上，那個扁扁的、圓圓的風箏也跟着飛過來了。

第十六章

這是一封道歉信

「你看懂它了嗎？這是我帶給你的禮物。」旅行兔把線軸交給拆信貓。

拆信貓握着線軸，仰起大臉看着那隻風箏，說：「是一個袋子，雪白的袋子。」

「你真的看不懂嗎？」旅行兔跳到拆信貓跟前，有些激動，嗓門提高了不少，「你再仔細看看，仔細想想。」

「噢……看出來了，這不是一個普通的袋子，看起來毛茸茸的……」拆信貓把眼睛睜到最大，眼珠子都快彈到天上去了。

「還沒看出來？叫你笨蛋還不服氣。」旅行

兔撇撇嘴，壓低嗓門。

　　拆信貓轉動手上的線軸，慢慢地把線收起，風箏離地面越來越近⋯⋯

　　「天呀，這⋯⋯這是⋯⋯」拆信貓驚叫起來，「旅行兔，你剪了你身上的毛，做成了這隻風箏！你做了一隻兔毛風箏送給我！」

　　拆信貓說完，盯着旅行兔幾秒鐘，感覺他身上的毛好像變短了一點點。

　　「啊？你竟然這麼認為？我的毛⋯⋯我的毛怎麼能說剪就剪？我氣質這麼好，全靠一身雪白的毛撐着，怎麼捨得剪下來做成風箏送給你？拆信貓，你不僅笨，而且總是異想天開。」旅行兔聳聳肩膀，搖晃着長長的耳朵，「急死了，急死了。你再好好看看。」

　　拆信貓繼續轉動線軸，風箏已經近在咫尺了。

　　「是蒲公英！」拆信貓歡呼起來，「哇！太棒了！你採集了好多好多蒲公英花朵，為我縫製了這隻風箏！雪白的、毛茸茸的蒲公英風箏⋯⋯

大概是全世界最漂亮的風箏了！」

話音剛落，蒲公英風箏從天空落下來，落在草地上，像個帳篷似的把拆信貓和旅行兔完完整整罩了在裏面。

「現在，我們在蒲公英風箏的裏面。」拆信貓好激動，「放到天上是風箏，落到地上是帳篷，太好玩了！」

「你聞到什麼味道了嗎？」旅行兔叉着腰歪着腦袋問。

拆信貓揉揉粉紅的鼻頭，使勁兒吸了一口氣：「蒲公英的味道。」

「再好好聞聞。」

「嗯……有一股遠方的味道。」

「再好好聞聞。」

「好像還有一股風的味道。」

「是什麼味道呢？」

拆信貓閉上眼睛，放鬆肩膀，讓心平靜下來，緩緩轉動腦袋，慢慢地吸，慢慢地吸，就像青草吮吸雨露，就像蟬吮吸樹汁……

　　「柔柔的、滑滑的、暖暖的，好像什麼東西被煮熟了，又好像什麼東西才剛剛長出來，像牛奶一樣香，像果汁一樣甜，還有一點點澀澀的青草味。」拆信貓慢慢地說。

　　「這就是月亮的味道吧。」旅行兔也閉上眼睛，慢慢地吸，慢慢地說，「我請路過的燕子和剛剛結束冬眠的青蛙，一起用蒲公英做成了這隻風箏，其實它不只是一隻風箏，還是一個月亮。」

　　「一個月亮？」

　　「對。我牽著它，從遙遠的地方把它帶回來，一路上，風把它吹得鼓鼓的，灌滿了月亮的味道。」

　　「月亮的味道？」

　　「是的。風飛到月亮的旁邊，嘗到月亮的味道，然後把月亮的味道帶給這個蒲公英月亮，所以，這個蒲公英月亮是一個真正的月亮了。」

　　拆信貓舔舔嘴唇，彷彿嘗到了月亮的味道。

　　「我說過，如果我可以嘗到月亮的味道，一

定會帶你一起去。」旅行兔拉住拆信貓的手，「可是，你要待在木屋裏，守護着那座休養院，忙着給那裏的客人們拆信，根本沒時間跟我去旅行，所以我就想了個辦法，把月亮的味道帶回來送給你。」

拆信貓感受着旅行兔手心的温暖，感受着月亮美好的滋味，甜甜地笑了。

＊　　　＊　　　＊

爐子裏的栀子花餅乾終於烤好了，拆信貓忙着給它們裝盤，旅行兔忙着吃。

「等我裝好你再吃。」

「別裝了，裝來裝去多麻煩，我直接把它們吃掉就行了。」

「主要是給長頸鹿先生準備的，今天是星期天，他會在中午準時到來。還要給阿變留一些，他昨天請田大廚轉告我，說

今天要過來一趟，有件重要的事情要做。」

「是什麼重要的事情？」旅行兔嚼着餅乾含糊不清地說，「難道跟阿變的魔術有關？」

「也許是拆信吧。」拆信貓說，「還有一封紫色的信沒幫他拆呢。唉……」

拆信貓歎了口氣，沒有把阿變的爸爸已經去世的消息告訴旅行兔。

太陽爬到山頂，長頸鹿先生從山南邊翻山過來了，阿變也從休養院走過來，他們在木屋前見面了。

拆信貓捧着餅乾走出去，後面跟着旅行兔，他嘴唇上沾滿了餅乾屑，手上拿着一瓶果汁，吸管咬得吱吱響。

大家互相打完招呼，阿變從牛仔褲袋裏掏出

一封信。

是最常見的那種白色信封。

「你回到山南邊，幫我把這封信送到SCP魔術師家族，交給一個叫阿恆的魔術師。」阿變把信遞給長頸鹿先生，「拜託了。」

長頸鹿先生愣了愣，朝拆信貓看過來。

拆信貓對他點點頭。

「好吧，我一定幫你送到。」長頸鹿先生說，「放到我的郵包裏吧。」

阿變把信塞到長頸鹿先生的郵包裏，摟住他的腿，輕輕地拍了拍，說：「謝謝你。」

「阿恆是誰？」旅行兔眼睛瞪得大大的。

「一個嚴厲的父親。」阿變說，「當然，也是一個真正的魔術大師。」

旅行兔還想說什麼，拆信貓好奇地問：「你給你爸爸寫信，是請求他把你的魔術還給你嗎？」

「不是。」阿變坦誠地回答，「這是一封道歉信。他寄來的七封信，我已經看了六封。以前

我一直認為，他太嚴肅、太講規矩，對我沒有一點兒包容心，甚至不顧及父子情面。而現在，讀了他的信，看他把我犯過的錯寫得那麼雲淡風輕，我才明白，其實錯的是我。身為魔術師家族的傳人，我為自己做過的那些糗事感到羞愧，更為自己對他的誤解感到自責。所以，我用這封信向他鄭重道歉，希望他能原諒我。」

聽到這裏，拆信貓快要哭出來了。

「你會被原諒的。」長頸鹿先生說，「不管怎麼樣，他是你的父親。」

阿變抓抓滿頭鬆鬆的金色短髮，笑了：「我想也是。」

拆信貓別過臉去，忍住眼淚。

通過這六封信，神奇的拆信貓讓阿變看到了爸爸內心的寬容與慈愛，感受到爸爸心底最溫暖的想法和濃濃的父愛。然而阿變怎麼會知道，老天變了個魔術，把那個被他的貪玩倔強和不務正業而傷透了心的爸爸永遠地藏起來。

他沒有爸爸了。

第十七章

不想長大

「我的心好痛，我的心好痛……」旅行兔坐在餐桌邊，雙手捂着心口喋喋不休，長長的耳朵垂下來。

「怎麼啦？」拆信貓被他弄得很緊張。

「我好像快要痛死了。」旅行兔一臉痛苦地伏在餐桌上。

「噢，你不要嚇唬我。你知道嗎？在我心裏，你是世界上最強壯的兔子，永遠不會有病痛，更不會死去。」拆信貓溫柔地撫摸旅行兔的腦袋。

「你這麼說，我感覺好了一點點，但還是很痛。」旅行兔抬起臉。

「你究竟怎麼啦？」拆信貓急了。

「憋不住了，告訴你吧……旅行回來的路上，我聽說那個魔術師阿恆……」旅行兔眼睛裏含着淚水，「那個魔術師阿恆已經去世了，山南邊少了一位了不起的魔術師。沒想到……沒想到，阿恆就是阿變的爸爸。噢，我的心好痛啊！」

拆信貓抽抽鼻子，把臉埋進餐桌上雪白的盤子裏。

「對不起，也許我不該把這個壞消息告訴你。」

旅行兔說完，揉揉眼睛，從餐桌前站起來，找來睡袋鋪在壁爐前，默默地鑽進去。

「我要睡一覺，不然心會痛死的。你最好也睡一覺。」

「怎麼睡得着呢？」拆信貓把臉從盤子裏抬起來，「你說的這個消息，長頸鹿先生早就打聽到了，我們都非常難過，拚命忍住沒有告訴阿變。」

旅行兔蹬了蹬腿，使勁兒鑽到睡袋最底下，把整個腦袋都藏起來，只露出兩個耳朵尖。

拆信貓跳到窗台上，看着窗外越來越明媚的春天，糾結着要不要把阿恆去世的消息告訴阿變。

　　就算不告訴阿變，他早晚也會知道的。

　　那麼，該為阿變做些什麼呢？起碼應該讓他高興起來，讓他心裏住着快樂，那樣的話，即使之後聽說爸爸去世的消息，也不至於立刻被擊垮。

　　烤很多很多餅乾，堆滿阿變的房間？

　　用心給他做一盤烤魚？

　　稱讚他帥，讚他對大家友善？

　　對了，他那麼喜歡跳街舞，為什麼不在這春天的草地上舉行一個舞會呢？

　　就這樣決定了吧！

　　拆信貓想着想着，在暖暖的陽光下打起了呼嚕。

而這個時候，阿變正和田大廚一起享用從木屋帶回來的餅乾。

　　「你的那隻運動鞋找到了嗎？」阿變問田大廚。

　　「找不到了。它大概變成風箏飛走了吧。」田大廚努努嘴，「哎呀，栀子花餅乾這麼香，你幹麼提鞋子的事情？好像餅乾都有了鞋子的臭味。」

　　「是嗎？」阿變把雪白的盤子拉到自己跟前，「那你別吃了，剩下的都歸我。」

　　「一人一半。」田大廚把盤子拉過來一點兒，「現在開始，你吃一塊，我吃一塊，誰都不許比誰吃得快。」

　　阿變伸出舌頭把嘴邊的餅乾屑舔得乾乾淨淨，拍拍手蹺起腿說：「不吃了。剩下的都歸你。」

　　說完，他低頭看着自己的尖頭皮鞋，神情憂鬱。

　　「你的皮鞋真神氣。」田大廚抹抹嘴唇，「從住到休養院的第一天開始，你就一直穿着這雙尖頭皮鞋。你每天換衣服，鞋子卻從來不換。

真不可思議。」田大廚打了個飽嗝，捂着嘴巴笑起來，「你不會晚上起來上廁所都穿尖頭皮鞋吧？」

「你說對了。」阿變抬起臉，細長的眼睛看起來霧濛濛的，「事實上，這雙皮鞋我已經穿了很多年。」

「它很貴？」田大廚對着尖頭皮鞋伸了伸脖子。

「不是貴，是珍貴。」阿變逐字說出來。

田大廚很認真地聽着。

「在我十六歲生日那天，我爸爸把這雙鞋送給了我。」阿變揉揉鼻子，接着說，「他曾經穿着這雙鞋表演過許許多多場魔術，為許許多多觀眾帶來了歡樂和美好的回憶。」

「懂了，他是要你做個出色的魔術師，把SCP魔術師家族的魔術傳承下去。」

「沒錯。可我傷了他的心。那天他拿出了兩樣東西給我，除了這雙鞋，還有代表家族榮耀的魔術棒。鞋子我穿了，魔術棒我沒要。他當場

就氣得發抖……可我無動於衷。」

「你為什麼不接魔術棒？」田大廚氣得直撓頭，「我要是你爸爸，非揍扁你不可！」

「我覺得自己還小，還可以再玩上幾年。我不想長大。」阿變站起來，尖頭皮鞋重重地踩在地板上，發出沉重的聲音。

田大廚沒有再說什麼。

他托着腮頰望向窗外，在暖意融融的春光裏，彷彿看見了小時候的自己。

是的，誰都是從小孩慢慢長成大人的，誰都必須經歷矛盾、痛苦和迷茫，必須勇敢地和身體裏的那隻貪玩的老虎說聲「收斂一點兒」，並且和牠友好相處，然後默默地成為一個不怎麼貪玩的、每天思考很多正經事的、認真對待生活的大人。

第十八章

珍貴的禮物

　　舞會的日子定在星期天。

　　整間休養院都沸騰了。

　　「這次聽你的，不過下次得聽我的，我們舉行詩詞大會。」龍醫生對拆信貓說。

　　「這個主意不錯。」拆信貓記下了。

　　「我覺得開演唱會也很不錯哦。」郝姐姐說。

　　「這個主意也不錯。」拆信貓同樣記下了。

　　「我認為舉行美食大會更有趣。」田大廚挺着肚子說，「或者烹飪大會也行，到時候整個草地都是我們的廚房，哇，香味一直飄到遠方，動物們爭先恐後趕來赴宴⋯⋯」

「把獅子和老虎引來，你也變成美食了。」龍醫生扶了扶眼鏡。

田大廚摸摸自己大大的圓腦袋，說：「好吧，我們還是老老實實地開舞會吧！」

期待的日子到了。

陽光多麼明媚，空氣多麼清新。山腳下、小河邊，杏花白了，桃花紅了，柳樹綠得鮮亮，草地從河邊一直延伸到休養院門前，這是多麼遼闊的舞台。

雪白的餐桌披上粉紅的桌布，雪白的盤子從桌子的這邊排到了桌子的那邊，今天的梔子花餅乾很不一樣，每一塊餅乾都睡在一個月亮裏。那一個個不是很圓的月亮是拆信貓用棕櫚樹葉編織成的，把餅乾放在上面烤，餅乾便有了月亮的味道。

「親愛的朋友們，今天是我們的狂歡日，讓我們盡情跳舞吧！」阿變大聲地、充滿激情地對大家說。

龍醫生在彈結他，客人們圍成一個大大的圈，跟着阿變一起跳街舞。

山北的草地好久沒有這麼熱鬧了。

拆信貓蹲在桌子上，抬起大臉，越過歡躍的人羣，看着手舞足蹈的阿變，鼻子一酸，有點兒想哭。

「喔，注意些吧。」旅行兔遞過來一塊手帕，「瞧，阿變跳得多開心啊，你可別讓他看到你這副樣子。」

「可是，一想到阿變沒有爸爸了，我的心就好疼。」拆信貓揉揉粉紅的鼻頭。

「別說這個了。」旅行兔捂了捂自己的心口，轉身從雪白的盤子裏拿起一塊餅乾，放在手心，看着拆信貓，「用棕櫚樹葉編織月亮，這個創意我給你打滿分。」頓了頓，又說，「這麼多月亮，你是什麼時候編的？是想念我的時候嗎？編了這麼多，那麼你對我的想念一定很多很多……」

拆信貓又揉了揉鼻頭。

旅行兔把餅乾放到嘴邊，喃喃地說：「傷心就大口大口吃東西，心上的傷口被東西填滿，就不疼了。」說完咬下一大口餅乾。

這時候，長頸鹿先生帶着郵包翻過山，走過杏白桃紅的河岸，往這邊趕來。

客人們紛紛跟長頸鹿先生打招呼，長頸鹿先生不住地點頭，禮貌地回應。

拆信貓急忙跳下餐桌迎上去。

「還挺熱鬧。」長頸鹿先生收住腳步，喘着粗氣說，「有阿變的信。」

拆信貓激動起來，她穿過人羣，把阿變拉到了木屋裏。

餐桌上放着一個粉紅色的信封。

「我收到回信了！」阿變有些興奮，有些緊張，猶豫了好一會兒才把信拿起來，「可惜不是我爸爸寫的，這是拉拉的字，是我的妹妹。」

「快拆開看看。」旅行兔迫不及待了。

「先別急着拆。」拆信貓猜想信裏面寫着那個噩耗。

「我等不及了。」阿變把信交給拆信貓，「這一次，仍舊請你幫我拆。」

拆信貓把手縮回去，搖搖頭說：「不，不。

這一次，你一定要自己拆。」

「對，你自己拆。」旅行兔雙手合十放在胸前，「你要記住，不管信上寫着什麼，無論發生了什麼事情，都不要沮喪，要繼續勇敢地做一個快樂的阿變。」

「拆封信都這麼囉唆，受不了……」阿變打開信封。

一個鮮豔的東西從信封裏飛出來，旋轉着，旋轉着，慢慢地落在阿變手上。

是一朵花，長着七片花瓣，每一片花瓣都閃耀着不同顏色的光芒。

「七色堇！」拆信貓和旅行兔同時叫起來。

「沒錯，七色堇。這是SCP魔術師家族的標誌。」阿變的神情變得複雜，好像很開心，卻又很不安，「有了這朵七色堇，我的魔術就回來了。」

七色堇？SCP？原來SCP三個字母代表的是Seven-Coloured Pansy——七色堇！怪不得阿變收到的是七封信，而且七封信顏色都不一樣，那不是彩虹的意思，是七色堇的意思！

這時候，七色堇在阿變手上變得越來越奪目，花蕊裏慢慢長出一根魔術棒。

阿變握着魔術棒衝出木屋，奔跑着來到人羣中，變出鮮花，變出氣球，變出鴿子，變出水窪放在草地上，變出鴨子放在水窪裏，變出帽子給鴨子戴上……

客人們歡呼雀躍，掌聲和驚叫聲久久不息。

大家都為阿變感到高興。

拆信貓趴在木屋的窗台上，一會兒哭，一會兒笑，一會兒大口大口地吃餅乾，要把心上的傷口填滿。

舞會結束了。

草地上，舞步經過的地方，一夜之間開滿了七色堇。

阿變寫給拆信貓那封假冒的信上的花朵活過來，變成了一朵真正的七色堇。

阿變給休養院的所有客人畫在紙上的花朵，也在一夜之間全都活過來，成為了真正的七色堇。

空氣中瀰漫着花朵的芬芳。

阿變穿着一身雪白的西裝，踩着尖頭皮鞋，拖着行李箱，從休養院走出來，迎着初升的太陽，來到拆信貓的木屋前。田大廚跟在他身後。

這個時候，拆信貓本來應該蜷縮在紙盒裏打呼嚕，旅行兔本來應該悶在睡袋裏做夢，可是，他們都沒睡覺。這一夜，他們說了很多話，做了很多事。

「帶上這盤烤魚。因為太激動，烤焦了，下次你來，我重新給你烤。」拆信貓把裝好了袋的烤魚塞進阿變的行李箱。

「別忘了你說過喜歡我，到了山南邊，你要在心裏繼續喜歡我！」旅行兔拚命忍住心痛，「帶上這隻蒲公英風箏，其實它是個月亮。請你把月亮的味道帶到山南邊，帶給更多的人。」

阿變接過月亮風箏。

「我沒什麼送你的，就送你一句話吧。」田大廚緊緊擁抱阿變，「不要害怕長大，長大意味着有更強大的力量去愛自己、愛別人、愛這個可

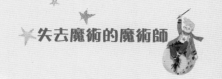

愛的世界。」

「我會記住這句話的。」阿變對田大廚說，「想要那隻臭臭的運動鞋回來的話，撕下一片花瓣，就能做到。」

「真的？」大家都愣住了。

「沒錯，你們手上的七色堇，撕下一片花瓣，就能實現一個願望。」阿變說，「這是我送給你們的禮物。」

「像童話故事裏的珍妮一樣？」拆信貓張大嘴巴。

「像童話故事裏的珍妮一樣。」阿變點點頭。

「好珍貴的禮物！那麼……」旅行兔嚥了口唾沫，「要一個已經離開這個世界的人回來，可以嗎？」

「生命終結或者復活這種嚴肅的事情，不可以。」阿變很認真地說。

旅行兔歎了口氣，又捂住了心口。

阿變把拆信貓抱在懷裏，把臉埋進她乾淨柔軟的毛髮，深深地吻。

「還有一封紫色的信沒幫你拆呢。」拆信貓說。

「不用拆了。不管信上寫了什麼，我都充滿感激。」阿變緩緩吐出一口氣，「收到拉拉的七色堇，我就知道我們的爸爸已經離開這個世界了。」頓了頓，又說：「放心吧，我已經知道該怎樣去面對一切。」

說完，他拖着行李箱，牽着月亮風箏，頭也不回地走了。

晨光把他瘦小的身影鍍成了明亮的金色，他舉起魔術棒，向着前方揮了揮，天空飄起了花瓣雨，是淚、是笑、是繽紛的光芒，温暖着美麗的心靈走回家的路。

拆信貓奇妙事件簿 2
失去魔術的魔術師

作　　者：徐　玲
繪　　圖：高敏怡
責任編輯：楊明慧
美術設計：李成宇、鄭雅玲
出　　版：新雅文化事業有限公司
　　　　　香港英皇道 499 號北角工業大廈 18 樓
　　　　　電話：(852) 2138 7998
　　　　　傳真：(852) 2597 4003
　　　　　網址：http://www.sunya.com.hk
　　　　　電郵：marketing@sunya.com.hk
發　　行：香港聯合書刊物流有限公司
　　　　　香港荃灣德士古道 220-248 號荃灣工業中心 16 樓
　　　　　電話：(852) 2150 2100
　　　　　傳真：(852) 2407 3062
　　　　　電郵：info@suplogistics.com.hk
印　　刷：中華商務彩色印刷有限公司
　　　　　香港新界大埔汀麗路 36 號
版　　次：二〇二一年七月初版

ISBN: 978-962-08-7805-3
Text copyright © 2018 Xu Ling
Chief Editor: Wang Su
Graphic Designer: Gao Yu
Simplified Chinese edition copyright © 2018 by China Children's Press & Publication Group Co., Ltd.
Traditional Chinese edition copyright © 2021 Sun Ya Publications (HK) Ltd.
This edition arranged through China Children's Press & Publication Group Co., Ltd.

Traditional Chinese edition © 2021 Sun Ya Publications (HK) Ltd.
18/F, North Point Industrial Building, 499 King's Road, Hong Kong
Published in Hong Kong, China
Printed in China